Y0-CBW-716

Rendez-vous

à Hong Kong

Les Éditions du Vermillon remercient
le Conseil des Arts du Canada
et le Conseil des arts de l'Ontario
du soutien qu'ils leur apportent
sous forme de subvention globale.

ISBN 0-919925-97-9
COPYRIGHT © Les Éditions du Vermillon, 1993
Dépôt légal, premier trimestre 1993
Bibliothèque nationale du Canada

Tous droits réservés. La reproduction de ce livre,
en totalité ou en partie, par quelque procédé
que ce soit, tant électronique que mécanique et
en particulier par photocopie et par microfilm,
est interdite sans l'autorisation préalable
écrite de l'éditeur.

Collection « Romans », n° 6

Jean-Louis Grosmaire

Rendez-vous à Hong Kong

Roman

Vincent Théberge
Bambou
encre, 1992

 Les Éditions du Vermillon

Collection

Romans

1.   Jean-Louis Grosmaire, **Un clown en hiver,** 1988, 176 pages.

2.   Paul Prud'Homme, **Aventures au Restovite,** 1988, 208 pages, série
« Jeunesse », n° 1.

3.   Yvonne Bouchard, **Les migrations de Marie-Jo,** 1991, 196 pages.

4.   Jean-Louis Grosmaire, **Paris-Québec,** 1992, 236 pages, série « Jeunesse », n° 2.

5.   Paul Prud'Homme, **Les ambitieux,** 1992, 188 pages, série « Jeunesse », n° 3.

6.   Jean-Louis Grosmaire, **Rendez-vous à Hong Kong,** 1993, 272 pages.

Du même auteur

L'attrape-mouche. Récit, collection *Parole vivante*, n° 6, Les Éditions du Vermillon, Ottawa, 1985, 128 pages.

Un clown en hiver. Roman, collection *Romans*, n° 1, Les Éditions du Vermillon, 1988, 176 pages. Prix littéraire **LeDroit** 1989.

Paris-Québec. Roman, collection *Romans*, n° 4, Les Éditions du Vermillon, 1992, 236 pages.

Merci à

Pierre Cantin

Lucie Caron

Paul Gay, Spiritain

Françoise Hubert

Guy Quévy

Émilien Tessier

Henri Tranquille

En hommage à ma mère,
Suzanne Parisot-Grosmaire

Première partie

PAUL

Chapitre premier

PAUL

« **L**ES rues de Chengdu se réveillent dans la chaleur de l'aube. La grande statue de Mao, le bras en l'air, nous salue. Du haut de son socle, il domine une longue avenue bordée de conifères, de fleurs et de réverbères. Nous roulons vers l'aéroport.

J'écris depuis la terrasse dominant la piste. Il est sept heures du matin. Déjà, nous ruisselons de sueur, mais j'aime cet air chaud du matin où se dilatent les parfums de la nuit. »

Paul ferma son carnet de voyage. Les vagues déferlaient sur la plage de Kuta-Bali. Le vent lançait des grains de sable. Maintenant, Paul avait peur de lire ces pages pleines de paysages et d'émotions. À Hong Kong, il avait ressenti la même nostalgie, la réalité devenait subitement souvenirs. Il avait voulu continuer.

Quitter son pays, ses habitudes, était jadis, pour lui, l'étape la plus difficile d'un voyage. Il découvrait que s'arrêter était aussi difficile. S'arrêter de partir! Comment finir un voyage? Hier Bali, aujourd'hui Bali, demain Bali. Chaque jour il retardait son retour.

Il s'allongea sur le sable. Sur la plage déserte, il essaya de ne penser qu'au sable qui glissait entre ses doigts. Il feuilleta les pages encore blanches de son carnet, en devina le contenu :

« Retour à Montréal. Je suis dans mon bureau, au dix-septième étage d'une tour de la rue McGill. Les vitres sont teintées. J'aperçois le mont Royal. Le bureau est plein de dossiers accumulés durant mon absence. Ma secrétaire m'a souhaité un bon retour. En me revoyant, ce matin, elle n'a pu retenir un 'Oh!' de surprise. Je suis toujours monsieur Paul de Pommier, diplômes, expérience, mais l'Asie m'a changé. J'étais parti homme d'affaires, je reviens l'esprit ailleurs, des perles dans les cheveux. Je n'ai pas osé mettre mon bracelet de coton acheté à Bali. Je m'en veux. Demain je le porterai, pas pour choquer les collègues, mais parce que je me sens différent. Je ne suis plus seulement Paul de

Pommier, de Fuxton et de Pommier inc. Dans ma tête, des bambous se balancent. Un soleil danse au-dessus de Hong Kong. L'océan Indien tangue. J'ai des musiques d'ailleurs, des parfums de santal. J'ai eu le mal de l'Asie en quittant Hong Kong. Je revois très bien l'aéroport entre les immeubles, la piste, la grande affiche de Marlboro, les montagnes, les pluies torrentielles. Il y eut l'escale à Tokyo, un dernier au revoir de l'Asie et, loin après, Chicago. »

Le texte défilait :

« Le douanier m'a interrogé. Il m'a envoyé à la fouille. Tous ces tampons sur mon passeport, mon odeur d'eucalyptus, ma barbe de deux jours... Personne ne m'attendait, je n'avais prévenu personne. Le chauffeur de taxi, un Haïtien, parlait avec nostalgie de son ailleurs, comme moi. Il parlait avec émotion de sa famille, j'étais muet. Qui allais-je retrouver dans notre maison de Westmount?

« Peut-être mon épouse Gina. Femme svelte, parfums chics, bijoux. Toujours dans des tas de comités : 'Pour les parcs, contre l'asphalte', 'Pour les enfants, contre la vitesse'. Nous deux, de plus en plus éloignés depuis que les enfants ont pris la place entre nous, place que nous leur cédions volontiers. Gina, qui approche la quarantaine, est encore très séduisante. Elle le sait. Ses boucles blondes, ses jambes fines, ses longs bras de mannequin, attirent les regards et son air un peu snob intrigue. Qu'est-ce que ce 'nous' qui ne tient plus? Amour en dérive. Le divorce est-il notre seul avenir? Pourquoi quitter des lieux que l'on aime pour rejoindre des gens qui ne vous aiment plus?

« Peut-être aurais-je rencontré ma fille Émelyne, souriante, de Benetton ou de Patagonia vêtue. Elle m'aurait questionné, sans écouter mes réponses : 'Bon voyage n'est-ce pas?', 'C'était bien, la Chine?', 'Et Hong Kong fascinante?'. Émelyne est une gracieuse girouette, une bavarde, petite voix agaçante. Ne lit pas beaucoup, prétend tout savoir. Ne vit que pour la musique. Pourtant je l'aime, ma fille.

« Peut-être qu'il n'y aurait personne, ni Gina, ni Émelyne, ni notre fils Régent. Joli garçon, intelligent, indifférent, lui aussi, à la famille, placide, mystérieux, renfermé. Régent serait avec des amis au chalet de Bromont. »

Paul éloigna les pages de son esprit. L'ombre des cocotiers se balançait sur le sable. Le vent était doux. Les souvenirs se mélangeaient, Montréal, Beijing, Hong Kong. Les enfants viennent, s'en vont, les femmes aussi. Il fit une moue. Les amitiés se nouent, s'éloignent. Les souvenirs se perdent. Il ne reste que des grains de sable, des cicatrices. Il reste des jours heureux sur lesquels on n'ose se retourner, de peur que le bonheur d'autrefois ne fasse mal au petit bonheur d'aujourd'hui.

Paul ajouta quelques lignes sur les pages du futur : « Je me sens vieilli, mal fait, mou, presque laid. Si j'avais à mettre un titre à mon carnet, ce serait : 'Ma vie est un échec' Cela résume bien ma vie. J'ai fric, imposante maison, grande voiture et pénibles ulcères. Ma femme, 'ma?' est belle, mais ailleurs. La famille éclate, s'éloigne. Je m'éloigne. J'ai travaillé si fort pour échouer dans le confort et la solitude. À Hong Kong, les membres de la délégation avaient hâte d'embrasser femme et enfants. Pas moi. Comment faire autre chose de ma vie, de notre vie? Est-ce que je les aime? Est-ce que je m'aime? Est-ce que j'aime encore assez la vie? C'est beau ici. C'est si bête d'y être si triste. Je pense trop. Je pense mal. Je ne construis rien. Je me détruis. Ma fortune a fait ma ruine. Le fric m'a bouffé. Eux bouffent mon fric. Est-ce que ça peut se raccommoder un vieux couple? Il faudrait que Gina et moi nous réinventions l'amour. Il faudrait tant de choses. Il faudrait qu'Émelyne enrichisse sa personnalité. Si seulement elle pouvait se cultiver, arrêter d'être une pipelette qui gigote au rythme de son baladeur. Si seulement Régent pouvait se réveiller, utiliser sa sensibilité excessive pour apprendre le monde, l'interpréter, créer, dire, ne pas rester replié sur lui. Comment l'intéresser à autre chose qu'à lui?

« Mes enfants ne connaissent pas le monde, ni les pays, ni les gens, rien. Je vais rentrer, je vais dire ce que j'ai vu. On m'écoutera poliment. La Grande Muraille, Hong Kong et Macao, mes voyages... ma vie n'est plus la leur. Enfants gâtés, ignorants, égoïstes. Enfants d'Amérique, qui veulent tout et tout de suite. Enfants durs et fragiles, intoxiqués de stars, consommateurs voraces de l'éphémère, ne dégustent pas, avalent. Ils ne savent presque rien de la misère des autres. Ils vivent pour eux, ne voient l'injustice que quand elle les menace. Les pauvres, ils les ignorent. Des gens souffrent dans leur corps et mes enfants hurlent pour un bouton d'acné sur la joue... Comme ils me ressemblent!

« Chacun s'aime. Personne ne déteste l'autre. Personne n'aime vraiment l'autre. On est là, groupés pour différentes raisons. On partira chacun de son côté, comme des locataires qui se séparent. C'est sans doute ça, la

famille. Comme à la télévision. Des portes
qui claquent, des déménageurs qui empor-
tent les meubles. Des décors, des acteurs, je
vis ma vie en feuilleton télévisé. *Pour un peu
de tendresse,* chante Brel en moi, mais Brel
m'agace. Il a si bien dit les choses que ça fait
mal. Après tout, tu avais raison, Jacques,
d'aller aux Marquises. C'est pour ça que je
suis à Bali. Quand on a le trop-plein, quand
ça dégouline de négatif, que l'on n'est plus
qu'une île, alors pourquoi ne pas partir pour
un long voyage avec soi-même? Une île, au
large de rien. »

Une femme portant le chapeau bleu des
masseuses lui offrit ses services.

Il refusa. Elle s'assit à côté de lui. Elle
se mit à tricoter un bracelet de coton. Paul
fit semblant de dormir. Il pensa à Gina. Elle
le trouverait peut-être « pas mal », après ces
cinq semaines asiatiques. Dix kilos de moins,
mine bronzée, il a de nouveau « un certain
charme ».

La femme lui posa des questions sur sa
famille. Elle lui apprit qu'elle avait quatre
enfants, que son mari n'avait pas d'emploi et
que de mauvais garçons lui volaient parfois
son gain sur la plage. Il marchanda quelques
tee-shirts. Elle voulut, en remerciement, lui
tresser les cheveux. Pas pour lui. Les doigts

de la femme couraient déjà dans sa nuque.
Ils sentaient bon l'eucalyptus. Quand il
racontera cela à ses collègues, ils riront de
lui. « Et la masseuse, elle ne t'a rien fait avec
sa petite huile de chose? » Elle ne lui fit rien.
Ce n'était ni son métier ni leur intention. Ici,
tout lui paraissait simple, alors que tout était
compliqué pour cette femme, manger, travailler, survivre. Elle le remercia et s'éloigna
comme elle était venue, dans un léger bruit
de sable.

Il sourit. Lui riche, elle pauvre, qui était
le plus malheureux des deux? Peut-il reprocher à Régent son air langoureux, lui qui se
promène maintenant avec des perles dans
les cheveux? Que peut-il reprocher à Gina
ou à Émelyne, lui qui, comme elles, s'écarte
des chemins quotidiens? Si loin d'eux, il
n'avait jamais été si près. Il ouvrit son carnet. D'une main calme, il essaya de mettre
un beau point final à son récit de voyage. Il
eut soudainement peur, comme s'il allait en
même temps écrire les dernières pages de sa
vie. Son cœur se mit alors à battre très vite.

Chapitre II

KUTA-BALI

« LES ombres s'étirent sur la plage. Le soleil, une dernière fois, dore les baigneurs. Je rejoins les bungalows de Kuta-Kumala. La piscine, les hibiscus, les cocotiers, les vacanciers qui prennent un verre, les maisons au toit de chaume, me font oublier ma solitude.

« Je suis très loin de mes écrans et de mes téléphones. Il n'y a qu'un appareil ici, sur le bureau, à l'entrée de l'hôtel. Il sonne doucement, face à une statue de pierre revêtue d'un sarong.

« Le soir, je me promène sur la plage ou dans les rues animées de Kuta. Les fréquentes pannes d'électricité ajoutent une touche mystérieuse à ces échoppes éclairées de bougies. Ici, une panne n'a aucune importance, pas plus qu'un coup de vent entre les palmes. Jamais je ne me suis senti aussi incertain de la trajectoire de ma vie. Une partie de moi s'est diluée dans ma randonnée asiatique. J'apprends à vivre autrement. Ce n'est pas facile. Pour ajouter du piment à mes interrogations, mon cœur devient erratique. J'ai décidé d'oublier ses secousses. Nous verrons bien à Montréal.

« Cela me fait penser à mon bureau. Gérer, voilà le mot clef. Il faut toujours employer des mots dits 'porteurs' comme rationnel, programme, défi. Le jargon est métallique, les slogans des armes. Performant, dynamique, productif, concret, réaliste, image positive, rayonnement, priorité, furent autant de balles qui tuèrent ma joie de vivre et ma santé. La saturation m'a conduit au vide, l'activité excessive à l'inactivité. La paresse est-elle vraiment un vice? Pourquoi le temps qui me fut si court devient-il plus long? Le sommeil m'avait quitté, les amis aussi. Le téléphone mitraillait les mêmes ordres à la mode, vendre, produire, progrès, carrière, pouvoir, créneaux, visions, jusqu'à mon épuisement.

« Mais pour qui chantaient les oiseaux du matin que je n'entendais plus? Les canaux de mon cœur ont sonné l'alarme en battant si fort. Si la vie me quittait déjà? Qu'ai-je fait de ce beau temps dont je disposais? Joyeuse est la gigue de mon stylo dans l'écriture qui me libère. Le bonheur n'est ni dans nos bureaux ni dans nos usines. Il n'est pas nécessaire d'être en enfer tout de suite! Que la musique est douce! Comme une vague qui va du ciel jusqu'au ciel. Je veux vivre, totalement, simplement vivre! N'est-il pas déjà trop tard? Les mots sont mes derniers globules, quand ils ne sortiront plus de ma plume, je mourrai. Quand je n'aurai plus rien à écrire, je mourrai. Mon cœur serre ma poitrine. Mes veines tremblent. La vie veut me quitter.»

Paul ferma son carnet. Absorbé par ses pensées, il marcha sur des offrandes posées au milieu du chemin. Mauvais présage, pensa-t-il. En arrivant à l'hôtel, il nota un numéro de téléphone. Il glissa ensuite dans la piscine qui brillait sous la nuit tropicale. Pourquoi quitter Bali? Pourquoi cette vie en lui qui semblait palpiter de ses derniers frissons intenses? Pourquoi la mort si proche alors qu'il se sentait si près de la paix intérieure? Pourquoi cette clarté pure en lui et autour de lui et la pesanteur excessive de son corps? Les doigts gourds, le souffle court, il s'agrippa à la vie qui le fuyait.

« Mon Dieu, mon dieu, pas tout de suite », marmonna-t-il.

La pluie perlait sur le toit de chaume. Ce matin, il ne restait que quelques nuages sombres ourlés de blanc. Au bord de la piscine, un bâton d'encens brûlait parmi des offrandes. Son parfum se mélangeait à l'odeur de la terre mouillée. Le feuillage sécrétait de chaudes gouttes. Paul regardait sa montre. Il l'avait achetée à Hong Kong. La ville passa en images saccadées dans son esprit. Les sampans dansaient dans le port. Les immeubles escaladaient les collines. Il se revoyait dans le hall de l'hôtel Regent. Ses collègues rentraient à Montréal. Le cœur arythmique, il venait juste de prendre sa décision. Ses mains étaient humides. Il tremblait. Le groupe était parti sans lui.

Il se sentit dévisagé par un couple qui puait le bonheur. Il demanda le téléphone, composa un numéro. Après quelques mots, il raccrocha. Il était si détendu qu'il lâcha un rot qui fit pouffer les serveurs. Il enleva son pagne et plongea dans la piscine. Tout recommençait à zéro. Paul murmura : « J'ai fait le chemin pour vous, à vous de faire le chemin jusqu'à moi ! »

Il ouvrit les yeux dans l'eau. Des taches de soleil valsaient. Paul volait dans une mer de corail. Il venait de renaître. Il sortit de l'eau. Les amoureux observèrent avec étonnement sa nudité rayonnante.

— C'est euphorique, amniotique! leur dit-il.

Il attrapa son pagne, s'en alla vers sa chambre en soulevant derrière lui des volutes d'encens et des cristaux de lumière.

Un rideau de feuillage séparait sa véranda de la piscine où des enfants s'ébaudissaient. Un nuage noir filait vers le lointain du ciel. Paul crut reconnaître son bureau qui voguait, les paperasses et têtes rébarbatives, et la traîne de tristesse qui s'était si longtemps accrochée à lui et à sa famille. Il dégagea sa poitrine. Il se versa du thé au jasmin et écrivit.

— Qu'est-ce que vous écrivez? demanda en anglais un gamin déluré.

— Mon testament!

— C'est quoi?

— Comment t'expliquer, euh...

— Une lettre d'amour?

— Une bien étrange lettre d'amour.

Le stylo hésita un instant, puis, fébrilement, parcourut le papier. Paul arracha de son carnet des feuilles pleines d'une écriture serrée. Il les plaça dans deux enveloppes.

Maître Heidelberg sortit de sa jeep poussiéreuse. Il remontait ses lunettes qui patinaient sans cesse sur ses narines couvertes de sueur. Paul lui remit les enveloppes.

— Sur cette feuille, vous trouverez tous les renseignements utiles. Je vous demanderais, au cas où il m'arriverait quelque chose, de veiller à ce que mes dernières volontés soient respectées.

Maître Heidelberg parut surpris.

— Voilà une sage décision, mais vous êtes en bonne santé. Vous sentez-vous menacé?

— La vie ne tient qu'à un fil et je ne suis pas tisserand. Voici l'argent pour vos frais d'aujourd'hui, tel que convenu au téléphone. En cas grave, vous serez remboursé par mon notaire de Montréal. Restons-en là. Tout ceci est un peu sinistre. Voulez-vous du thé?

Ils parlèrent de l'Indonésie, de Bali, des volcans.

Ils se quittèrent près de la piscine. Paul se rappela ces scènes de films américains, où les hommes d'affaires discutent au bord des piscines, le whisky à la main, tandis que tournent les vamps et les play-boys. Ici, il n'y avait que des enfants qui s'éclaboussaient innocemment, lui en sarong et le notaire qui rajustait ses lunettes et partait en souriant.

Paul prit son baladeur. Il enfila des shorts bariolés. Oh! si les collègues voyaient ça! Il mit un tee-shirt orné d'un énorme palmier et d'un coucher de soleil violet sur Bali. Il attrapa son carnet, un crayon et ses lunettes. Il s'éloigna en sautillant comme un enfant.

Paul s'en alla sous la voûte ombragée, se félicitant de sa tenue audacieuse. La musique chinoise se mariait aux vibrations des grillons. Il retrouva la plage, la mer verte et blanche aux rouleaux écumants.

Durant plusieurs jours, il se promena dans les jardins des hôtels palaces qui bordent Legian Beach. Des fleurs d'hibiscus tombaient devant lui. Les cocotiers berçaient leurs palmes. On entendait le ronron des climatiseurs.

Deux verres sur une table, un zeste de citron et un fond de jus de fruits, il pensa à un couple en vacances, à Gina, aux enfants. Aucune nouvelle d'eux, si ce n'est un petit mot reçu à Hong Kong en fin de voyage, quelques lignes de Gina parlant de ses activités sociales et des vacances des enfants. Il eut une pensée triste et un pincement dans la poitrine. Il s'allongea sur une chaise longue, ferma les yeux. La douleur s'en allait. Il ouvrit son carnet, relut les dernières pages écrites en Chine. Le vent s'éleva. Les rafales secouèrent les branches. Au loin, la crête des vagues se déchirait.

« Nous sortons de la ville par cette même route ombragée par où nous sommes arrivés il y a quelques jours, qui me semblent des mois. Des buffles pataugent dans les rizières. Des hommes les guident dans les labours. Le chapeau de paille sur la tête, les pieds dans la boue, les paysans suivent les bêtes grises qui vont d'un pas puissant et tranquille. »

Paul ferma les yeux. La musique l'envahissait. Seul son cœur n'épousait pas le rythme coulant. Il respira un grand coup. À travers les palmes, il vit le bleu vif du ciel. Il reprit son carnet en se disant que c'était l'endroit idéal pour lire ses souvenirs de Chine, en ce lieu que la nostalgie ne semblait point atteindre, peut-être l'endroit idéal pour mourir, doucement.

« On moissonne le riz. Les épis sont fragiles, élégants comme coups de pinceau à l'encre. Plus loin, d'autres rizières jettent des carrés qui vont du vert tendre au doré de la paille. Dernières images de Chine, celle des paysans au dur labeur. Nous arrivons à l'aéroport. »

Après, il n'y avait que les lignes écrites à Bali et la marque des feuilles arrachées et remises à maître Heidelberg. Les palmes furent violemment secouées par les sautes du vent. Sur la table, près de son carnet, il remarqua une bouteille de ketchup et un verre de jus de fruits. Ces objets étaient-ils là auparavant? Avait-il dormi? Il ôta son tee-shirt, le laissa sur la chaise longue. Il partit vers la mer. Le vent tourna les feuilles du carnet, secoua les palmes. Paul, captivé par la musique chinoise, n'entendit pas le bruit mou de la noix de coco qui s'écrasa près de sa chaise. Une deuxième noix percuta le dossier, rebondit sur la table, fit éclater la bouteille de ketchup et gicler la sauce sur le coucher de soleil de son tee-shirt. Paul marchait sur la plage, inconscient du cataclysme qu'il venait de déclencher.

Chapitre III

LE PETIT SALAUD

QUAND madame Gina de Pommier-Lacourte sortit de sa résidence de Westmount, elle ne se doutait pas que cette belle journée d'été marquerait un tournant dans sa vie. Le gazon venait d'être coupé. Il répandait une bonne odeur de campagne. Le jardinier avait oublié de balayer l'entrée du garage où quelques brins d'herbe avaient giclé. Elle maugréa contre lui. Il entrait, en ce moment même, par la porte de service, tenant en laisse les deux lévriers qu'il avait promenés de bon matin.

Programme chargé pour Gina. Elle espérait que son mari n'arriverait pas aujourd'hui. Où était-il? Ses collègues étaient revenus de Hong Kong depuis plus d'une semaine. Ils lui avaient remis un petit mot de Paul, plutôt vague et aimable.

Gina pensa aussi au beau Flint, qu'elle avait vu plusieurs fois depuis le départ de son mari. Un homme séduisant, la trentaine sportive, des yeux noirs qui troublaient Gina. Ce matin, elle ne put s'empêcher de rêver à ce corps qui jouait si bien au tennis. Les cuisses de Flint, son short blanc, les bras de Flint... Gina sortit en trombe du garage, comme si Flint était à la place du volant et qu'elle lui plaquait un baiser enragé. Elle ralentit, s'examina dans le rétroviseur, sous les yeux surtout.

Tout en virant, elle décrocha le téléphone. Elle confirma son arrivée dans quelques minutes au groupe de militantes «anti-goudron». Ensuite, ce serait le club social, l'organisation de la fête d'été au profit des enfants du quartier. Plus tard, sûrement, elle irait au tennis voir si le beau Flint était là. Après, si seulement... « Aah... », soupira-t-elle. Elle appuya rageusement sur l'accélérateur, étendit ses lèvres en un baiser langoureux qu'elle envoya à son athlète.

Cinq semaines sans tendresse, si ce n'est quelques petits mots d'une Asie lointaine. Paul faisait-il l'amour en voyage? Elle revit aussitôt Paul, son visage, sa petite bedaine. Elle s'observa dans le miroir. Elle alluma l'air climatisé. Des coureurs, en sueur, peinaient sur les trottoirs. Paul, au cœur fragile, ne ferait pas comme eux. Elle songea encore au joueur de tennis et jeta un dernier coup d'œil dans son miroir. Non, vraiment, elle n'avait pas si mal vieilli. Flint pensait-il à elle? Il avait une façon si spéciale de la regarder, c'était envoûtant. Le téléphone sonna. Émelyne appelait du chalet de Bromont. Il faisait chaud, oui, tout allait bien, elle passerait l'après-midi à la piscine avec ses copines et copains de l'université.

— Et toi, maman comment vas-tu?

— Bien, bien...

— As-tu des nouvelles de ton adonis? demanda Émelyne de sa voix aigrelette.

— Non, il doit travailler aujourd'hui. J'espère le rencontrer au tennis plus tard.

— Euh... je ne sais pas si je devrais te le dire, maman. Flint était, hier, à Bromont.

— C'est son droit!

— Oui, mais je crois que tes chances se sont envolées. Ce n'est pas vraiment le cheval qu'il monte ici.

— Mais que tu t'exprimes donc mal ma fille!

— Excuse-moi. Je n'aurais pas dû. Allô, tu m'entends? Je répète ce qu'on dit ici. Les ragots circulent vite. Allô? Ça va?

— Ça va...

— Ça n'a pas l'air.

Gina s'arrêta devant une borne d'incendie.

— Maman?

— Oui.

— Ah! J'avais oublié de te dire, j'ai un nouveau copain, disons un ami très proche, Philippe.

Gina n'écoutait plus.

— C'est un Haïtien. Il est divinement beau. Allô? T'es encore là?

— Oui.

— Quand est-ce que tu viens au chalet?

— Sais pas. Au revoir Émelyne...

Gina serra son volant, pesta contre ce maudit Flint et ses sales cuisses pleines de doux poils blonds qui brillaient au soleil quand il jouait. Elle se moqua de son short séduisant qui dansait sur le court. Elle ricana de ses larges épaules, de sa mâchoire fine et de ses lèvres invitantes. Elle frappa sur le volant.

— Le petit salaud!

Elle l'imagina, sous la douche, le savon glissant sur son torse, la mousse dans le creux de ses jambes musclées. Elle frappa de plus belle sur le volant en scandant : « Le salaud, le salaud, va! »

Un policier cogna sur la vitre :

— Des problèmes, madame?

— Flint, monsieur! Flint! Ah!

— Pardon?

— Flint! je vous dis!

— Vous êtes mal stationnée. Pouvez-vous quitter cet endroit avant que je n'applique le règlement? Vous trouverez de la place ailleurs.

Elle démarra en répétant « Ailleurs, ailleurs, sont tous ailleurs, Paul, Flint et les autres! »

Elle prit machinalement le boulevard Décarie, suivant le flot des voitures. Tout lui était indifférent.

Le téléphone sonna de nouveau.

— Allô Môm! C'est Régent!

— J'écoute... et puis ne m'appelle pas Môm, maman, Gina, ce que tu veux, mais pas Môm!

— Wow! T'as pas l'air correcte!

— Évite ce mot galvaudé, veux-tu? Où es-tu?

— Au mont Saint-Hilaire, chez Jim.

— Qui?

— Jim, mon ami Jim.

Gina resta muette.

— Nous deux c'est vraiment accroché.

— Tu veux dire, toi et moi?

— Non, moi et Jim. Tu comprends?

— Pas vraiment...

Elle se gara sur le bord étroit du boulevard Décarie.

— Allô Môm? T'es toujours là?

— Oui...

— T'es où?

— Je ne sais pas très bien. Il y a plein de voitures autour. Elles bougent, et moi pas.

— T'es drôle, parfois... ouais, Jim et moi, c'est vraiment fait pour durer. On s'entend bien.

— Moi, je ne t'entends pas très bien. Je t'embrasse.

— On t'embrasse aussi.

Elle raccrocha. Pleurer, rire, marcher au milieu du flot des voitures, s'en aller n'importe où, ne plus penser à rien, à personne. Gina tremblait. Elle ouvrit la porte. Les voitures fonçaient sur l'autoroute.

D'énormes camions secouèrent la voiture. Gina claqua la porte et démarra en trombe sans regarder en arrière. Elle eut droit à quelques doigts obscènes et quelques autres signes évocateurs.

Le téléphone sonna de nouveau.

— Allô? Madame Gina de Pommier-Lacourte, ici Britt Bremenflaschen! Comment allez-vous?

— ALLÔ! MADAME GINA DE POMMIER-LACO...

— Je ne suis pas sourde! Aujourd'hui, chère madame, ALLEZ DONC VOUS FAIRE FOUTRE! et elle raccrocha.

Elle klaxonna deux ou trois fois en riant. Elle accéléra, remonta au niveau des gros camions. Elle fit glisser son toit, klaxonna pour attirer l'attention des chauffeurs et, avec toute la rage accumulée en elle et pour tous ceux qui lui tombaient sur les nerfs, elle pointa son médius haut et clair, en bombardant du regard les chauffeurs.

Ils restèrent bouche bée. On pouvait lire sur certaines lèvres quelques grossièretés incontrôlables.

Gina se sentait épuisée. Elle prit une sortie sur la droite, se laissa aller jusqu'à la rivière des Prairies. Là, face aux eaux vives, elle pleura.

Les vagues bondissaient sur les rochers. L'eau noire charriait un flot de vie, d'énergie, d'alluvions, de saletés. La rivière nettoyait tout, les champs, les prairies, les corps, les esprits. Elle menait jusqu'au grand océan, le lavabo mondial, l'ultime sédimentation. Gina voyait son corps voguer jusqu'aux îles de la Madeleine, et là, encadrée de cormorans, face à l'île d'Entrée, son âme montait dans le vent! Paul? Il avait beau jeu. Voyage d'affaires. Je te confie la marmaille. Débrouille-toi. On ne manque pas d'argent, mais d'amour.

Les doigts crispés, les mains moites, elle pleurait. La rivière l'attirait. Gina arrêta le moteur. Elle marcha tout droit vers les flots noirs qui murmuraient une chanson lugubre.

Chapitre IV

LE COUP DE GRÂCE

RÉGENT arriva le premier à la maison. Elle lui parut soudainement immense, austère, malgré ses géraniums rouges et blancs, malgré sa vigne vierge qui s'accrochait à la brique patinée. Les deux lévriers avancèrent leur fine gueule. Hautains, ils retournèrent au salon, près de Georgette, la servante, qui avait aujourd'hui l'air aussi sinistre que la maison.

— Pourriez pas ouvrir les fenêtres? On étouffe ici.

— Elles sont toutes ouvertes, monsieur Régent. L'air climatisé ne fonctionne pas depuis deux jours. J'attends les ouvriers.

— Non, il y a autre chose. Qu'est-ce qui se passe ici?

Georgette baissa les yeux, tordit ses mains dans son tablier. Elle montra le plateau d'argent.

— Je suis inquiète. Le téléphone n'a pas arrêté de sonner. Le notaire de monsieur votre père a appelé. Il a demandé que madame le rejoigne. C'est très urgent. En plus, il y a ce télégramme qui est arrivé de la... Balinésie, je crois, en tout cas d'une Nésie quelconque. Pis, je ne réussis pas à rejoindre madame qui est partie en voiture. Ça ne répond pas à son numéro. J'ai hâte que le télécopieur soit réparé, parce que les télégrammes, je n'aime vraiment pas ça. Chez nous, on ne s'en servait que pour annoncer des décès.

Régent examina le télégramme. Il portait le numéro du bureau de télécommunication.

— Comment savez-vous d'où il vient?

— Le facteur. Il a téléphoné avant de l'apporter. Ça vient de la Nésie, qu'il a dit. C'est ça! je l'ai enfin.

— Savez-vous ce qu'il contient?

— Non, sûrement pas du bon, avec un notaire aux trousses en plus...

Régent essaya de lire le télégramme à travers la lumière d'une lampe. Il le flaira, comme si une odeur malsaine émanait de ce papier. Le téléphone sonna.

— J'suis plus une servante. J'suis une call-girl, maugréa Georgette. Elle tendit le combiné à Régent.

— Maître Beauchesne, de Beauchesne et Paré associés, madame de Pommier-Lacourte est-elle rentrée?

— Non, monsieur.

— Vous êtes son fils? Dites-lui de me contacter le plus tôt possible, au revoir.

Georgette suivit du regard ce Régent qu'elle avait vu naître et qui maintenant s'en allait les épaules voûtées vers le jardin.

— J'aime pas ça, maudit que j'aime pas ça, murmura-t-elle.

Régent observa l'eau de la piscine. Les lévriers marchaient silencieusement dans le jardin. La vie s'était immobilisée là, sur le bord de cette nappe bleue.

Devant l'eau noire et fougueuse, Gina reprenait son souffle. Elle ne voulait plus penser. Elle ne souhaitait que s'allonger dans son lit, faire le vide complet, en elle et autour d'elle.

Elle regagna sa voiture et conduisit comme un automate. La radio diffusa l'*Adagio* d'Albinoni, la musique de son mariage. Elle cogna sur le poste qui s'éteignit aussitôt.

La porte du garage s'ouvrit. Régent s'approcha de Gina. Elle avait des yeux de nuit. Les lévriers vinrent renifler madame. Gina tourna le regard vers le plateau d'argent.

Le téléphone sonna. Une sonnerie déchirante.

— Madame de Pommier-Lacourte?

— Oui, répondit Gina, en vacillant sur ses jambes.

— Ici Britt Bremenflaschen! Après votre odieuse repartie et après mûre réflexion, permettez-moi, à mon tour, de vous dire : ALLEZ VOUS FAIRE FOUTRE!!!

Gina lâcha le combiné. Elle porta ses mains à son front. Georgette fit deux pas en avant, un en arrière, ses bras tournaient dans le vide.

— Ah! ben! C'est la meilleure! Gina se laissa tomber dans le sofa, prise d'un rire nerveux.

Le téléphone, de nouveau, retentit. Son tintement leur sembla insignifiant.

Georgette, le visage grave, tendit l'appareil à madame.

— Madame Gina de Pommier-Lacourte?

— Oui?

Régent prit l'écouteur.

— Vous êtes au courant je suppose...

— De?

— Non?... vous n'avez pas reçu de télégramme, rien?

— Si, si, je viens de rentrer, une minute.

Elle saisit l'enveloppe que Georgette lui apportait sur le plateau d'argent animé d'intenses secousses. Leurs regards inquiets se croisèrent. Gina arracha le papier et lut :

DENPASAR BALI 20 JUIN 1988 13 H 07

SOMMES SANS NOUVELLES DE MONSIEUR PAUL DE POMMIER. APERÇU POUR DERNIÈRE FOIS PLAGE LEGIAN. PORTÉ DISPARU. ENQUÊTE EN COURS. POSSIBILITÉ TRAUMATISME CRÂNIEN DÛ À CHUTE DE COCO. STOP.

MAÎTRE HEIDELBERG NOTAIRE. KUTA.

DENPASAR BALI 20 JUIN 1988 13 H 15

SELON INSTRUCTIONS DONNÉES PAR MONSIEUR PAUL DE POMMIER, PRIÈRE ENTRER EN CONTACT AVEC MAÎTRE BEAUCHESNE DE PARÉ ET PARÉ ASSOCIÉS. STOP.

MAÎTRE HEIDELBERG NOTAIRE. KUTA.

L'orage éclata sur la maison de Westmount. Un déluge plein d'éclairs, de tonnerre, de roulements qui tambourinaient aux oreilles de cette famille, alors que tout le reste du monde était épargné. Gina était assise, paralysée. Régent tenait l'appareil en faisant des « oui » à peine audibles.

Gina essaya de relire les deux textes. « Porté disparu, porté disparu », répétait-elle, tandis que Georgette s'enfuyait vers la cuisine en levant les bras au ciel.

Le téléphone sonna.

— Maître Beauchesne de ...

— Oui je sais! De Paré et Paré illimités.

— Associés, madame, Paré et Paré associés.

Le notaire commença son discours avec lenteur.

— Madame, vous sachant très affectée par la nouvelle, nous nous permettons de vous transmettre nos sentiments les plus sincères et vous prions de croire à notre réelle affliction. La teneur du télégramme est de nature à nous inquiéter, mais elle laisse, nonobstant, quelques lueurs d'espoir. La disparition de monsieur de Pommier peut n'être considérée que comme une hypothèse, puisque notre collègue mentionne bien le mot «porté» disparu. Certes, la lueur est mince, mais rien ne nous autorise à croire que monsieur votre époux soit, disons le mot, décédé. Nous ne voudrions pas interpréter outre mesure les propos de notre collègue, mais en cet instant particulièrement douloureux pour vous, il nous semble opportun de nous raccrocher au concret. La possibilité d'un traumatisme crânien, évoquée dans le susdit télégramme, pourrait nous faire croire que votre époux se soit tout simplement égaré après le choc de la noix en chute libre. Plusieurs hypothèses sont à envisager. Soit votre époux est parti vers l'océan et nous espérons que non, soit il a erré sur la plage comme le prétendent certains témoins. Dans ce cas, il serait encore bien vivant, mais peut-être dans un état mental douteux. Toutefois, on ne peut exclure l'hypothèse que votre époux soit dans un état physique et mental parfaitement sain.

« Pour résumer, madame, bien que ces réflexions soient d'un maigre secours, le deuxième télégramme, dont nous avons eu également copie, nous conduit à penser que d'autres instructions ont été données par votre époux à maître Heidelberg. Nous devrions les recevoir d'Indonésie d'une journée à l'autre. Je me permettrai, madame, de vous contacter aussitôt qu'elles nous parviendront. Je vous prie de croire, madame, à mes sentiments respectueux. »

— Ah...

Gina posa l'appareil.

Elle relut les télégrammes. Tout était possible. Tout était compliqué, comme leur vie, comme Paul. À quel temps devait-elle le conjuguer?

Une demi-heure plus tard, la sonnerie du téléphone retentit.

— Maître Beauchesne, de Paré...

— Et Paré associés, je sais!

— Mes hommages, madame.

Silence de Gina.

— Nous venons de recevoir, à l'instant, la télécopie suivante de notre collègue, maître Heidelberg. Je vous en livre tout de suite le contenu :

DENPASAR-BALI 20 JUIN 1988 15 H 07

ENQUÊTE PROGRESSE. AUTORITÉS FOR-MELLES UNE COCO À TERRE DIRECTEMENT AUTRE COCO SUR CHAISE LONGUE AVEC POSSIBILITÉ D'ARRÊT SUR CORPS INTER-MÉDIAIRE. CONFIRMONS AUCUNE TRACE DE SANG. AVISEZ FAMILLE STOP.

MAÎTRE HEIDELBERG NOTAIRE. KUTA.

Et voici une deuxième télécopie, reçue il y a quelques minutes :

DENPASAR-BALI 20 JUIN 1988 16 H O6

RECEVREZ TÉLÉCOPIE AVEC INSTRUCTIONS DONNÉES POUR FAMILLE PAR MONSIEUR DE POMMIER. STOP.

MAÎTRE HEIDELBERG NOTAIRE. KUTA.

— Voilà où nous en sommes, madame. Nous vous tiendrons au courant de toute nouvelle qui pourrait nous parvenir. Mes hommages, madame.

Gina se leva difficilement. Elle but un grand verre d'eau sous le regard triste de Georgette. Régent alla s'asseoir au bord de la piscine.

— La vie s'en va, Régent. Je ne comprends rien à rien. Je pensais être une femme moderne, une femme d'action, finalement, je ressemble à ma mère. Je ne suis qu'un poisson comme un autre dans l'immensité de l'océan... pourri.

Elle se reprocha aussitôt cette image, pensant à Paul, flottant peut-être entre deux vagues. Elle crut voir, au fond de la piscine, son corps boursouflé et déchiqueté par les requins. Elle passa la main sur ses yeux, pour chasser la vision d'horreur.

Chapitre V

VEILLÉE D'ARMES

FUNÈBRE atmosphère dans la maison de Westmount aux faux airs Tudor. Les lévriers marchaient la queue serrée. « Mauvais signe, pensa Georgette, cela nous laisse peu d'espoir pour monsieur Paul.» Madame tournait en rond dans le salon. Ce soir, madame n'a rien mangé. Elle n'a fait que triturer son alliance. Régent a grignoté un sandwich.

Le téléphone sonna. Émelyne annonçait qu'elle quittait Bromont à l'instant même.

Les heures s'éternisaient dans le salon trop vaste où trônait la photo d'une famille unie. Gina et Régent posaient les yeux sur elle. Ils ne voyaient que Paul. Paul souriant, Paul en papier, Paul absent. Le téléphone, son bip-bip électronique, enfin! Régent saisit l'appareil.

— Allô, ici Britt Bremenflaschen.

— Qui est-ce? demanda Gina inquiète.

— Madame Volskwagune, quelque chose comme ça...

Gina ne put s'empêcher de sourire.

— Vous êtes le fils, je suppose. J'aimerais dire à votre excitée de maman, combien il est désolant que deux grandes amies comme nous en soient venues à une telle situation. Je trouve tout cela bien regrettable et j'espère que nos relations redeviendront amicales. Veuillez le lui répéter. Bonsoir!

— C'est qui maman, Britt Brume de je ne sais quoi?

— Sans importance, une grande bavarde pas méchante, très versée dans le social haut de gamme.

— Vous n'avez pas l'air de vous entendre.

— Nous sommes si différentes...

Émelyne entra. Gina, l'œil humide, vint à sa rencontre. Ondulations folles des cheveux, petite voix d'oiseau, la grâce naturelle d'Émélyne, contrastait avec le sérieux de Régent. Émelyne trouva même à son jeune frère un air Louis II de Bavière. Ses cheveux légèrement bouclés, sa mélancolie, donnaient à sa silhouette fragile des apparences de cygne noir.

La famille était maintenant réunie autour de l'absent. Georgette se tenait en retrait. De temps à autre, les lévriers reluquaient ces êtres qui ne voulaient pas se coucher.

Les pensées voyageaient dans les labyrinthes de l'angoisse. Elles se perdaient dans les hypothèses.

Le téléphone retentit.

Tous se regardèrent et ensuite fixèrent le téléphone, comme s'il allait exploser

— Allô? Gina?

— Non, c'est Régent.

— Ah! Salut!

— Hein?

— Qui c'est? Qui c'est? cria Gina.

Régent lui passa l'appareil et tomba dans le premier fauteuil, en proie à une nervosité intense. Il répétait : « Ah ben! Ah ben!»

— Allô... Gina?

Gina porta la main à son front, recula et leva les yeux au plafond.

— Gina? C'est Paul!

— Aaah....

— Ben oui, Paul? Ton mari quoi...

— Dieu soit loué! T'es vivant!

— Euh oui... il me semble bien. Je suis vivant. Tu me croyais mort peut-être?

— C'est quoi cette blague idiote? Voyons Paul, on ne joue pas avec ça!

— Je ne comprends pas. Quelle blague?

— Le télégramme! T'es porté disparu! On t'a vu sur la plage, plus de nouvelles, plus rien de toi! L'enquête sur les noix de coco? T'es vivant Paul! T'es vivant! C'est l'essentiel.

— Oh! minute! Allô? Tu m'entends?

— Oui, oui et j'aime ça!

— Je n'ai pas envoyé de télégramme. Effectivement, les gens de l'hôtel m'ont cru disparu. Je ne pensais pas que la nouvelle de ma fuguette aurait fait le tour du monde! Je suis allé chez des gens rencontrés sur la plage, ensuite nous avons savouré le cochon rôti à la braise sous la lune et les cocotiers. Je viens juste de revenir à l'hôtel et tu m'apprends que j'ai été mort! Je te dis que, même de loin, tu me surveilles!

— Paul! Les télégrammes disaient que tu étais « porté disparu ». Ça vient d'un notaire, un monsieur au nom bizarre, euh...

— Heidelberg, Gina! Heidelberg! Et qu'est-ce qu'il te raconte, ce monsieur?

— Que tu es peut-être mort!

Il y eut un silence, un grésillement et un bruit sec. La communication fut interrompue.

La petite famille de Westmount regarda l'appareil, comme si Paul allait en sortir.

Une dizaine de minutes s'écoulèrent.

Paul vivant!

Tous se réjouissaient. Ce qu'ils ne savaient pas, c'est que son cœur avait battu trop vite et, maintenant, il battait trop lentement. En ce moment, Paul voyageait dans une galaxie éloignée.

— Bonjour monsieur, bonjour... murmurait le garçon de l'hôtel.

Paul, étendu sur un matelas de plage près de la piscine, revit le ciel. Les palmiers valsaient. Puis, tout se replaça. Il sentit son cœur soulagé.

— Allô Gina?

— Ouf! T'es là!

— Voici mon numéro de téléphone, au cas où.

— Qu'est-ce qui est arrivé?

— Rien, une petite panne locale.

— Hein?

— Rien... je vais bien. Dis donc, il a été rapide, mon notaire.

— Parce que t'as un notaire là-bas aussi?

— Oui. Il est en relation avec le nôtre, maître Beauchesne de...

— Paré et Paré associés, ça on connaît!

— Il t'a déjà contacté, lui aussi?

— Oui, selon lui nous recevrons tes dernières volontés prochainement.

— S'agit pas de mes dernières volontés! Je pensais pas que l'on m'enterrerait aussi vite. Non, il faut que je t'explique, j'ai bien réfléchi, Gina. Je t'ai envoyé une lettre récemment, ainsi qu'une à nos petits monstres. Ils vont bien?

— Ils sont rentrés d'urgence pour la veillée funèbre.

— Tu parles d'une histoire! Je m'en vais déguster le babiguling...

— Paul, je t'entends mal!

— Je vais manger le cochon rôti, si tu préfères, et hop! je suis disparu, noyé. Ils sont expéditifs ces notaires!

— Tu venais de donner tes dernières volontés.

— Justement. Je t'écris tout dans ce que tu vas recevoir.

— C'est quoi cette blague encore?

— La plus grosse de ma vie Gina! Je t'embrasse.

— Moi aussi.

— Au revoir, Gina!

— Au revoir, Paul!

Georgette, les bras au ciel, fonça vers la cuisine. Les lévriers, indifférents à toute cette agitation, déposèrent leurs fins museaux sur le tapis.

Régent agaça sa sœur.

— Paraît que ton ti-blond, c'est un Noir.

Émelyne sourit, répondant avec douceur :

— Il est beau et intelligent.

— Autant que le mien, j'espère, répliqua Régent.

— Je m'en suis toujours doutée, avec toi, à la façon dont tu regardais mes amis! Tu feras mieux de ne pas toucher au mien.

Imitant sa mère, Régent prit son air le plus sérieux pour entamer la ritournelle :

— Mes enfants, je vous rappelle et cela dans votre intérêt...

Émelyne poursuivit :

— Pas de drogue, pas de sexe et si c'est inévitable...

Ils appuyèrent sur les mots :

— *SAFE SEX!!!*

Ils éclatèrent de rire.

Gina observa sa progéniture.

— On rit de moi?

Émelyne mignota sa mère. Georgette apporta une bouteille de champagne. Gina haussa les épaules d'étonnement.

— Ben, madame, une résurrection, ça prend quelques Pater, quelques Avé, quelques cierges et pis le champagne, certain!

— Ça fait longtemps que le téléphone n'a pas sonné, ironisa Émelyne.

— Si on appelait madame Brume de Lac, proposa Régent. Elle commence à me manquer.

La nuit venait de changer dans la grande maison de Westmount. Un nuage s'enfuyait par les fenêtres, se rassemblait sous les grands érables, glissait au-dessus de la piscine et filait loin dans la ville. En passant, il fit frissonner les lévriers, dont le poil remonta en ondulations nerveuses.

Georgette, malgré ses soixante-dix ans, voulut absolument danser sur la musique de Régent. Monsieur Neighbour, de la maison d'à côté, qui promenait son Lassie, par curiosité plus que par nécessité, n'en crut ni ses yeux ni ses oreilles. « Quelle ridicule et obscène java nocturne! », pensa-t-il. Il en tira vite la leçon, « quand le chat est parti... » Il fit une moue de dégoût et rejoignit sa maison, en se retournant fréquemment, comme pour éloigner de lui cette tribu de sauvages.

Quelle ne fut pas la surprise de monsieur Neighbour, lorsque le lendemain, ouvrant son journal, il vit en première page :

« *THE WEALTHY PAUL DE POMMIER MISSING* »

Il faillit vomir son thé. Un morceau de marmelade à l'orange se bloqua sous sa luette. Essoufflé, il lut quelque chose qui ressemblait à un éloge funèbre.

Dire que cette nuit les souris dansaient! Ses yeux coururent au bout des phrases. Les enfants vont mettre le grappin sur l'héritage. *Shocking!* Tout cela est *shocking!* Vulgaire! Quel manque de respect pour l'âme de ce monsieur de Pommier! Quel odieux goût du lucre! Que l'homme est vil!... Il plongea avec délice dans les détails de la fortune de monsieur de Pommier. Quelle richesse! Il jeta un coup d'œil à la maison des de Pommier, quelle misère! Tout était calme. *Of course!* après les bruits d'hier! Il haussa les épaules, rajusta sa cravate et reprit sa lecture. Tout à coup, ce ne furent plus que cris et vacarme, venant de la rue. Il se pencha vers la fenêtre.

— *Oh! my God!* s'écria-t-il.

Chapitre VI

LES DENTS DE LA BONNE

GINA s'endormit difficilement. La nuit fut tourmentée. Elle rêva que le beau Flint se noyait, puis que Régent le courtisait, qu'enfin Émelyne l'épousait.

Gina, main dans les cheveux, yeux mi-clos, distingua vaguement Émelyne debout devant elle. Elle tenait un journal.

Gina dévora le titre :

« *PAUL DE POMMIER DISPARAÎT* »

« Le riche financier vient de disparaître à l'âge de quarante-sept ans. »

Suivait un résumé de la carrière de Paul, un aperçu de sa fortune et un énoncé détaillé de ses fonctions au sein de grandes compagnies canadiennes et américaines. On y montrait comment Paul de Pommier avait su bâtir un « empire ». L'éditorial lui était consacré :

« Du fond du rang jusqu'à Wall Street, ou la revanche du petit Canadien français. »

Les yeux de Gina dansaient.

La sonnerie du téléphone les sortit de leur stupeur.

Régent décrocha.

— Une minute, je vous prie.

Il apporta l'appareil à sa mère.

— Qui est-ce? demanda-t-elle avec inquiétude.

— Madame Bremen... Schlafensiegut.

Gina écarta l'appareil, comme on fait pour chasser une mauvaise idée. Prise de remords, elle céda.

— Gina! Ma pauvre Gina! C'est moi, Britt Bremenflaschen. Je viens d'entendre la nouvelle à la radio.

Tout en écoutant distraitement, Gina rejoignit Régent et Émelyne à la fenêtre. Ce qu'elle vit, à travers les rideaux, l'étonna. Tandis que l'autre s'attristait au téléphone, des journalistes faisaient le siège de la maison. Les camions des unités mobiles de la télévision étaient déjà là. Il y avait des reporters, des micros, une grande antenne parabolique sur la pelouse et Georgette, en tablier, qui essayait de repousser ces gens en leur mettant les sacs de poubelle sur les pieds. Il n'était que huit heures du matin. La lutte commençait.

— Je voulais être la première de vos amies à vous témoigner ma profonde sympathie. En ces moments éprouvants pour vous et les vôtres, je vous renouvelle mon affection. Une grande tristesse nous étreint. Cette disparition si brutale nous bouleverse. Quel homme était votre mari...

Gina abandonna l'appareil dans un pot. Madame Bremenflaschen parlait maintenant à des azalées.

Georgette poussa la porte d'entrée avec vigueur, coinçant un micro, qui pendit comme une nouille molle prise entre une casserole et son couvercle.

— Sont tous là, madame. Tous! Il y a même « *L'Éclaireur de Drummond* »! J'ai rien dit pantoute. Excusez, madame, je n'ai rien dit du tout. Ah! ajouta-t-elle, en rajustant son tablier, ils me posaient des questions pas possibles!

Ils se réfugièrent dans la cuisine. Régent alluma le petit poste de télévision. Gina s'étouffa avec son café. On montrait leur maison, la façade, la porte d'entrée. On entendait les bruits de l'intérieur! Puis ce fut une vue floue sur le lit de madame. Cette fois c'en était trop!

Les enfants sortirent de la cuisine en criant, tandis que Georgette restait paralysée par l'écran. Régent arracha le micro coincé dans la porte et obstrua la fente du courrier. Il tira les rideaux des chambres. Le long bras télescopique d'une caméra s'éloigna de la fenêtre. Émelyne ferma les autres rideaux. Georgette verrouilla les portes. Gina était penchée sur son café. Régent éteignit le poste de télévision. Ils se retrouvèrent dans la cuisine.

Une journée torride, même sur les hauteurs de Westmount, s'annonçait.

Qu'elle était belle, Gina, lorsqu'elle parut sur le pas de la porte! Ce soir, au téléjournal, Flint, devant son écran, se rongerait les doigts. Comme d'autres, il se demanderait pourquoi certains êtres ont tout : l'argent, la santé, le bonheur et, en plus, la classe! Regrettant de ne pas avoir mené plus loin son flirt, il se dirait que, peut-être, il n'était pas trop tard. Elle avait de beaux restes, en plus de ceux légués par son mari. Cela méritait un petit effort. Quant à madame Bremenflaschen, elle se sentirait fière d'être l'amie de cette femme dont les journalistes découvraient le charme.

Les micros se précipitèrent en corolle vrombissante sur Gina. Les caméras scrutèrent ses traits. Si elles avaient pu être dotées d'un scanner, nul doute qu'elles en auraient été équipées.

Les questions giclèrent, vicieuses, à tiroir et sous-entendus. On lui demanda de bouger, de sourire, de pleurer, de sortir un mouchoir. Elle rentra chez elle, sans avoir dit un mot.

Elle reprit son souffle.

Elle ressortit affronter le désordre qui régnait sur son perron. Cette fois-ci, elle les domina tous. Elle n'eut pas à dire un mot. Aussitôt le silence s'établit. Certains reculèrent d'un pas. Madame allait parler. Madame parlait. À vous les studios!

— Je crois qu'il est de mon devoir de démentir tout de suite la rumeur voulant que mon époux soit disparu. Nous avons eu, il y a quelques heures, une conversation téléphonique. Il va très bien. Il se repose sous les tropiques.

Le chahut recommença de plus belle.

— Quelques heures, c'est-à-dire, avant ou après le télégramme? Précisez! Où est-il? Quel pays avez-vous dit? Où repose-t-il? Vous avez parlé de la Jamaïque, n'est-ce pas? Est-il à la maison?

L'exaspération de Gina ajoutait à sa beauté une teinte sauvage. Ses yeux brillaient.

— Je puis vous assurer que mon mari est vivant. Cette affaire est close!

Elle ferma la porte, tandis que des mains et des pieds essayaient de se faufiler. Un agent de police écarta quelques micros. Georgette, en colère, mordit violemment la main d'un journaliste trop engagé.

Tout le monde s'esclaffa. Georgette s'en alla vers la cuisine en riant, sous l'œil hautain des lévriers.

Petit à petit, le quartier retrouva son air paisible. Les feux de l'actualité se déplacèrent vers d'autres horizons, d'autres maisons, laissant sur la pelouse, des câbles, un micro, une casquette, des lunettes brisées, des gobelets de papier, les deux sacs de poubelle éventrés, et monsieur Neighbour, totalement ahuri par le séisme.

Un paquet atterrit sur le perron.

Émelyne ramassa le paquet en pensant que c'était encore du courrier financier pour son père. Elle jeta le colis sur le sofa. Ce qui sembla plaire aux lévriers.

Ce n'est qu'un quart d'heure plus tard, tandis qu'elle se reposait dans le jardin, qu'Émelyne se souvint du paquet. Le sofa, rien! Dessous? Les lévriers déchiquetaient le carton et les rubans d'emballage. Gina ne vit que les fesses d'Émelyne, le reste du corps était plongé sous le sofa.

Les bêtes grondaient. Elles gardèrent un carton et quelques feuillets baveux.

On sauva deux enveloppes. Sur la table de la cuisine, ils étalèrent des brochures, des plans de villes, des cartes d'hôtels et divers papiers poisseux qui puaient la gueule de chien. Gina lut en tremblant la lettre de son époux.

Chapitre VII

AUX ANTIPODES

« Bali, le 12 juin

QUE dit un époux qui découvre qu'il est passé à côté de la vie? « Plus grave, il a fait passer les autres par le même chemin que lui. Mais qu'est-ce que la vie après tout? Je te vois sourire et en même temps te demander ce qui vient subitement de m'arriver. Ma tête est habituellement pleine de chiffres, de titres de sociétés, de graphiques. Aujourd'hui, je me berce sous les palmes, dans la douce brise tropicale. Je ne suis pas devenu un hippie de luxe. Le soleil asiatique n'a pas fait éclater mes derniers neurones. J'ignore encore ce qu'est la vie, pour répondre à ma question du début, mais maintenant, il y a des choses que je voudrais savoir. Gina, où en sommes-nous? Que faisons-nous de nous? de nos enfants?

« Les vacances cassent les habitudes, font réfléchir. On regarde son corps dans un maillot de bain, le corps des autres et l'on se pose des questions. Après, il reste du sable dans nos beaux souliers vernis, quelque chose qui fait gentiment mal à la routine.

« Tu dois penser que je suis fêlé, que je vais d'une idée à une autre. Tu dois te demander où je veux en venir. Dis-toi que j'ai décidé de ne plus avoir pour objectif l'acquisition, la vente, l'échange, le rachat de parts, d'actions, d'obligations. J'ai envie de vagabonder parmi les idées, de flâner, de cueillir les poèmes de la vie et surtout de vivre!

« De Montréal à Macao, jusqu'ici, à Legian Beach, tout ce voyage d'affaires m'a conduit aux antipodes du monde, de moi-même. J'étais parti loin de toi, loin de nous, dans les chiffres et les écrans de fausse lumière. L'Asie me fut secourable. Il est possible que la Scandinavie ou l'Estrie auraient eu les mêmes effets. Chacun rencontre son Asie où il peut, d'autres ne la rencontrent jamais. Ce voyage au bout de moi-même, dans ma route de solitude, au milieu des plus grandes multitudes, est la plus belle chose qui me soit arrivée au mitan de ma vie.

« Ma logique doit te paraître confuse ou illogique. En ce moment, je découvre le ciel austral. Je rêve à ce que nous pourrions vivre ensemble. Si un fil nous lie encore, tire dessus. Viens me rejoindre. Espérons que nous nous retrouverons au terme de la randonnée.

« Je t'attends.
Paul »

Gina fouilla dans l'enveloppe. Elle y trouva un billet d'avion accompagné d'un mot.

« Gina. Merci. Puisque tu as décidé d'essayer, voici le chemin. Il n'est pas simple. Comme il n'est pas simple de bien vieillir ensemble. Mon cœur se permet des caprices, rien de bien grave, mais assez pour que je me donne la fantaisie de vivre. Chaque membre de la famille va suivre une de mes routes asiatiques. Au terme de votre périple il y aura, peut-être, nous. Nous prenons tous des risques dans cette randonnée. Les démarches ont été effectuées, préparez vos valises et vos esprits. Je t'aime. Bonne route. »

Gina examina le billet : destination Hong Kong, départ le lendemain, changement à Chicago, escale à Los Angeles, puis vol direct jusqu'à Hong Kong.

— Georgette, c'est où exactement Hong Kong? Je vois où c'est, mais pas tout à fait, j'y pars demain.

Georgette leva les bras au ciel. Les lévriers, dégoûtés, marchèrent vers le jardin.

Régent et Émelyne avaient reçu une lettre du même style que celle de Gina. Leur destination, la Chine. Tous, départ le lendemain, huit heures, à Dorval.

Georgette jeta un coup d'œil sur ces excités. Elle se sentirait très seule, demain.

— Permettez-moi de vous demander quand vous reviendrez, madame?

— Je ne sais pas.

Régent situa les lieux sur un atlas.

— Mon Dieu! s'exclama Georgette, pis on est où nous autres par rapport à ça? Oh mon Dieu! c'est un bout!

— Nous devons aller rue Lagauchetière, Régent et moi, annonça Émelyne.

— Pourquoi? s'enquit Gina.

— Nous suivons les instructions, rendez-vous fixé à treize heures cinquante, troisième restaurant à gauche, passeports exigés.

— Moi, j'aurai rendez-vous avec Paul, mais... beaucoup plus tard, ajouta Gina.

La voiture sortit en trombe du garage, sous l'œil ahuri de monsieur Neighbour. Émelyne et Régent lui firent un bonjour qu'il feignit de ne pas voir. Gina, aidée de Georgette, remplit deux valises, en vida une et recommença.

— Vraiment, mon mari est bizarre.

— Ah! l'amour, soupira Georgette.

— Je ne pensais jamais que je l'aimais au point de partir au premier de ses ordres. Mais là, il charrie, m'envoyer à Hong Kong pour savoir où nous en sommes!

— Moi, mon mari, quand il a eu sa crise essissentielle...

— Existentielle, Georgette, existentielle.

— En tout cas, quand il a ménopausé si vous voulez, il a voulu qu'on grimpe tous les deux au belvédère du mont Royal, en amoureux. C'est haut en titi c'te affaire-là! Tout ça pour me prouver qu'il m'aimait! Y aurait tout aussi bien pu me le dire devant un *smoke-meat,* rue Saint-Laurent.

— Comment c'était là-haut?

— Ben, avant je me suis entraînée, j'ai fait de l'anaérobique, pour retrouver le deuxième souffle. J'ai même fait un peu de jogging, mais c'est dur sur les oignons. Oh! excusez les détails, madame.

— Et là-haut?

— Oh! d'une beauté... une pleine lune à faire chavirer les cœurs. J'ai fondu. Pensez donc, il m'a murmuré, tout simplement : « Je t'aime », comme avant.

Georgette essuya une larme, Gina aussi.

— Je lui avais préparé un beau sandwich au beurre de *peanut* et pour moi, un au *baloney*. On n'y a même pas touché.

Georgette sanglotait et pouffait de rire en même temps, devant Gina émerveillée.

— C'était comme un second mariage, rien que de la tendresse entre nous. Moi, je crois que tous les couples devraient vivre ça. C'est ça qui vous arrive à vous deux. Le bonheur qui vous revient, madame. C'est la crise essentielle de mon homme qu'a tout déclenché. Oh non! je ne regrette pas. C'était dommage pour les sandwichs.

Georgette riait en tordant son mouchoir.

Elle conclut :

— Peut-être que monsieur Paul, il a vécu ça et que…. ben, il s'y prend de même pour vous amener sur son belvédère à lui.

Gina embrassa Georgette, qui se secoua et d'une voix solide demanda :

— Bon, c'est pas le tout! Que voulez-vous manger ce soir?

— Aucune idée, Georgette.

— Madame, ça va flamber, ce soir! Georgette est déchaînée! À tantôt!

Chapitre VIII

DORVAL, S'IL VOUS PLAÎT!

UELQUES vieux Chinois lisaient des affiches aux caractères énigmatiques.

— C'est pas drôle pour mon petit ami, dit Émelyne.

— Ni pour le mien, ajouta Régent.

— On leur enverra des cartes postales.

— Où on leur dira qu'on les aime en chinois.

Ils arrivèrent à l'entrée du restaurant convenu. Une odeur de nouilles chatouillait les narines. Des touristes sortaient, curedents à la bouche, ventres dilatés. Une musique glissa d'un haut-parleur. Elle faisait penser à des roseaux que l'on cogne et une voix d'oiseau s'éleva au milieu des conversations des passants. Un Chinois salua les enfants de la tête.

— Veuillez me suivre, je vous prie.

Il les conduisit un peu à l'écart. Derrière ses petites lunettes, son regard pétillait, ses rides ne laissaient pas deviner son âge.

— Il est, pour le moment, encore assez compliqué de visiter individuellement la Chine. Vous serez intégrés à différents groupes. Vous partez demain. Voici les visas. Le voyage que vous allez effectuer est difficile. Vous avez deux itinéraires différents. Sur ces feuilles sont indiqués les horaires des trains, des avions, les noms des hôtels et les dates où vous devez y séjourner. Toute modification à cet itinéraire entraînerait des conséquences fâcheuses pour la suite de votre séjour. Soyez prudents. Bon voyage! *Zaichen!*

L'homme s'inclina légèrement, sourit et s'en alla.

Sur le trottoir, un garçon et une fille, penchés sur leur billet, lisaient à voix haute des noms de lieux étranges.

La maison était agitée, valises et sacs, coups de téléphone. Georgette plongeait périodiquement dans le livre de cuisine. Elle concoctait un potage aux œufs, un poulet aux amandes et un éventail chinois en salade. Dans le tohu-bohu général, elle n'arrivait plus à se concentrer . Elle avait mis tout son art dans ce dernier repas. Le « dernier », « le dernier », répétait un esprit méchant dans son cerveau. Seuls les lévriers planaient dans leur maigreur hautaine.

Gina observait la salle à manger, les bibelots. Elle pensait au destin de cette maison qu'elle quittait brusquement. Un jour, dépouillée de la folie des enfants, la maison serait trop grande. Gina se sentit vieillir. Des pensées profondes l'attiraient, mais elle n'eut pas le temps de s'y enfoncer. Émelyne et Régent venaient de rencontrer une des grandes questions de leur vie : comment un gaucher et une droitière peuvent-ils manger côte à côte avec des baguettes? Les morceaux de bois se heurtaient périodiquement, frôlant les yeux, le poulet tombait sur le tapis, sous l'œil dédaigneux des lévriers.

— Madame, je ne veux pas rester prisonnière ici avec les chiens. On dirait des croque-morts snobs!

Émelyne suggéra qu'on les mette en pension chez madame Bremenflaschen.

— Cela fera du bien à tous, renchérit-elle.

Quant à Georgette, elle aussi irait en vacances avec son retraité de mari. Elle partit tristement vers la cuisine. Peut-être ne reverrait-elle plus jamais ses amis vivants.

Monsieur Neighbour n'y comprenait plus rien. Il ferma les rideaux de son salon, persuadé que les voisins étaient totalement fous. Ce matin, à six heures trente-neuf, les lévriers, charmantes bêtes d'habitude, s'étaient mis à japper, tandis que madame, et une autre dame, s'engueulaient comme des charretières. Jamais ses oreilles n'avaient entendu d'aussi grossières expressions dans la bouche de la gent westmontoise. Et là, il y a quelques minutes à peine, ce charivari épouvantable : des voitures, des cris, des bagages, des sacs à dos et je te pousse et je t'embrasse! La vieille Georgette au milieu de tout cela, devenue aussi folle que les autres et en plus, *shocking!* Oh! *shocking!* ça, il pourrait le jurer, il avait de ses propres yeux vu le Régent qui tenait la main d'un jeune homme tout aussi efflanqué que lui. Là, à quelques mètres de sa pelouse. Quel monde décadent! Il n'avait même plus le goût de se verser du thé, de peur de le trouver aussi amer que les tristes scènes que la matinée venait de lui infliger.

Il se souvenait que madame avait lancé au chauffeur de taxi :

— Dorval, s'il vous plaît!

Monsieur Neighbour marchait, par hasard, dans la rue, lorsqu'il assista à ce départ anarchique. En passant devant lui, madame lui avait fait un au revoir de la main et il s'en voulait presque de lui avoir répondu. Être poli, après ce qu'il avait entendu, des langages de mégères; être poli, après ce qu'il avait vu, des gestes obscènes entre garçons, se tenir la main à leur âge, quelle horreur!

Il se calma en ouvrant le grand dictionnaire Oxford et en essayant d'apprendre quelques mots savants. Pendant ce temps, le cortège de fous traversait Montréal.

En tête, un grand taxi noir, qu'un Italien conduisait en chantant. Amour et tristesse dans l'air.

À l'avant, à côté de Gina, Georgette, qui avait cru bon de s'habiller comme pour un enterrement. Elle avait mis ce qu'elle pensait être le plus beau, une vraie mamma, qui attira tout de suite la sympathie du chauffeur. Sur la banquette arrière, Émelyne tenait la main de Philippe, son ami haïtien aux yeux humides.

Dans sa voiture jaune et verte, suivait, nerveusement, madame Bremenflaschen. Elle collait au taxi, ce qui enrageait le chauffeur.

— Ma, c'est une femme dangereuse!

— Ça c'est bien vrai, confirma Georgette.

Les lévriers, qui avaient adopté madame Bremenflaschen, étaient assis à côté d'elle.

En témoignage d'affection, alternativement, ils bavaient sur sa robe.

Préoccupée par la circulation et ne voulant pas perdre l'Italien, elle ne vit pas, sur son siège arrière, Régent et son copain, main dans la main.

— Ma, je vous jure qu'elle est timbrée, la suiveuse!

— Ben d'accord, répondit Georgette.

— C'est une amie un peu excentrique, ajouta Gina.

« Je tenais à être là au moment de votre départ, lui avait-elle dit ce matin d'une voix grave. » Elle tenait toujours à faire quelque chose et mettait inévitablement ses pattes dans les plats d'autrui. Du coup, elle avait hérité des lévriers.

Le chauffeur freina subitement pour éviter un véhicule. Dans la voiture qui suivait, on aperçut les lévriers en lévitation et madame Bremenflaschen en colère.

Puis, tout alla très vite, bagages, formalités de douane, on se trouva debout devant un couloir qui avalait un à un les passagers. Les au revoir furent brefs. Certaines embrassades auraient ulcéré monsieur Neighbour.

Une demi-heure plus tard, chacun était plongé dans ses pensées. Gina et Paul, Régent et Jim, Émelyne et Philippe, la Bremenflaschen et les lévriers, et le chauffeur qui insista pour reconduire Georgette. En s'asseyant dans la salle d'attente, face à l'avion d'American Airlines qui brillait au soleil, Gina était songeuse. Sa famille éclatait. Une famille au-dessus du Pacifique, le même jour, pour qui, pourquoi?

Comment Paul en était-il arrivé là, lui qui comptait chaque sou, plaçait, rentabilisait? Devant cet avion luisant, le monde basculait. La ligne du quotidien se brisait. L'avenir avait soudainement le nom d'un nouveau continent. Gina laissait plus qu'une maison en arrière. Déjà, les lieux familiers fuyaient sous l'avion. La tête contre le hublot, rêveuse, Gina regardait le liseré de la rivière des Outaouais dans sa parure estivale, puis les Grands Lacs miroitants.

L'avion tourna au-dessus de Chicago, maisons, piscines, pelouses brûlées par le soleil, les pistes, les avions. Gina marchait dans les longs couloirs de l'aérogare O'Hare. On appelait des passagers, on signalait des départs. Paul est passé par ici, il est passé par là.

Des hôtesses circulaient entre les voyageurs. Des Japonais achetaient des steaks congelés. Régent embrassa sa mère.

— Vous êtes chouettes, toi et papa. On se revoit quand et où?

— Hong Kong, en principe, dans deux semaines.

Tout le monde se quitta en tentant de sourire.

Les enfants disparurent dans les couloirs, parmi les autres passagers. Ce fut la dernière image floue que Gina garda d'eux. Seule, devant l'avion de Hong Kong, elle murmura :

— Paul, pourquoi? N'est-ce pas trop tard? Combien de jours et de nuits sans tendresse? Combien de malentendus et de fausses excuses? Combien de distance entre nous? Combien de dérives vers d'autres corps et d'autres amitiés? Tu lances un appel et je réponds sans bien comprendre pourquoi? Où mènent les chemins de l'Asie? Vers l'amour, la vie, la mort?

Deuxième partie

ROUTES D'ASIE

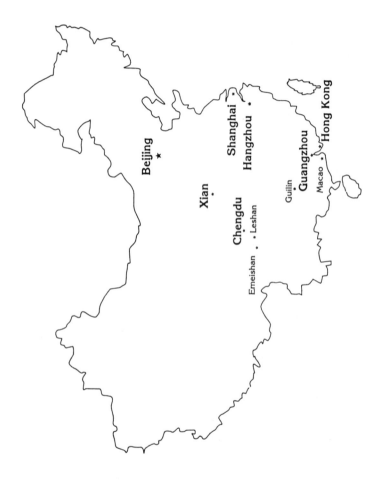

Beijing ★

Xian .

Shanghai .
Hangzhou .

Chengdu .
. Leshan

Emeishan .

Guilin .

Guangzhou .
Macao .

Hong Kong

Cartographes : **Marc Patry** et **Martin Poirier**

Chapitre IX

ÉMELYNE, RÉGENT : PREMIÈRE

« **R**UES larges, limousines officielles, flots de bicyclettes noires, calme de la foule; de la chambre de l'hôtel Hademen, situé près de la gare de Beijing, Régent et Émelyne observaient les voyageurs. La toile rouge du Maxim's battait au vent chaud.

Émelyne s'allongea sur le lit, les écouteurs au fond des oreilles. Régent relut la lettre de son père.

« Chers enfants,

« Je vous aime et je souhaiterais que vous m'aimiez. Il y a quelques jours seulement, je n'aurais pas osé vous dire cela. La vie donne parfois des secousses. On découvre soudainement la force des mots, des sentiments, l'attachement que l'on porte à certains êtres.

Ces secousses sont si puissantes, que c'est la vie qui bascule. Je n'ai plus de temps à perdre pour les conventions et les façades, je vous aime. Pourtant, je vous connais encore si peu. Toi, Émelyne, qui apprécies tant la musique, le monde s'est ouvert dans tes oreilles. Tu ne comprends pas ceux qui, comme moi, se ferment si souvent à tes joies. Maintenant, je souhaiterais que tu entres aussi dans mon univers. Toi, Régent, combien de fois t'ai-je reproché ta sensiblerie et, sans oser les voir, tes 'affinités' différentes des miennes.

« J'ai fait le chemin vers vous. Cela m'a pris du temps, la longue adolescence des adultes. Ce que je vous confie a l'air mièvre. Mes mots portent mal mes idées. Je n'ai jamais su dire 'Je t'aime', à personne... Pourquoi ce voyage? Pour bien des raisons s'il faut être raisonnable, pour une seule si l'on parle d'amour. Si, au bout de votre route, il y a quelque chose qui mérite de s'appeler 'nous', alors nous l'aurons la belle et folle raison.

« Émelyne, je te laisse la Chine des sons, tous les trésors de la musique traditionnelle et moderne, oui cela existe! En ce moment, mes oreilles se bercent aux harmonies de l'orchestre de Shanghai. Je flotte bien au-dessus des cours de la bourse. Régent, je t'offre la Chine des surprises et des merveilles. Quand tu auras vu la Grande Muraille, l'armée impériale et tant d'autres paysages, peut-être verras-tu un paysage intérieur? Il m'a fallu tout ce temps pour l'entrevoir, pour vous comprendre, vous accepter.

« J'ai été ébloui, choqué, étonné, surpris, par ce monde autour de moi et encore plus par le monde en moi. Je vous ai tracé un itinéraire qui ne conduit pas uniquement à des monuments visibles. Le plus grand des voyageurs est-il celui qui a le plus voyagé? Il m'a fallu aller si loin pour trouver ce que j'avais si près, sous la peau. J'ai le cœur jaune. Il est de paille, fragile, encore souple et plein d'une lumière d'or.

« Bonnes routes,

« Je vous aime.

Paul »

Régent posa la lettre sur le lit. La nuit tombait sur Beijing. Émelyne dormait déjà.

Le lendemain, ils se promenèrent dans les grands jardins qui entourent le Temple du Ciel. Ils découvrirent, sous la pluie, la Voûte Céleste impériale aux tuiles bleues vernissées. Ils se parlèrent le long du mur circulaire qui fait l'écho. Régent admira la beauté des escaliers de marbre. Émelyne, penchée sur un livre, ne manquait aucun détail. Ils louèrent des bicyclettes et se laissèrent emmener par le flot des citadins. Haut perchée sur sa «Flying Pigeon», Émelyne roulait en avant. Régent pouvait facilement la repérer à ses cheveux blonds et bouclés parmi les chapeaux blancs et les cheveux noirs.

Place Tian'anmen, mausolée de Mao et, plus loin, le portrait de Mao à l'entrée de la Cité interdite. Régent essaie de suivre Émelyne qui fonce dans la foule. Tout imprégnée du film du «Dernier Empereur», elle se voit déjà sous les ordres de Bertolucci. Elle joue, elle est courtisane, script, elle est ailleurs. Elle a garé son vélo, tandis que Régent ahane sur Tian'anmen, poussant sur ses pédales et sur ses œufs au soja du petit déjeuner. Les visiteurs entrent dans la Cité, pas si interdite. Émelyne replonge dans son livre. «Décidément, cette fille sérieuse n'est pas ma sœur», pense Régent. La vapeur monte entre les murs, dévoilant un à un les palais. Régent s'assied. Il ferme les yeux. Le Palais impérial naît sous ses yeux dans l'or doux d'une brume chaude. Les touristes se pressent devant les trônes. Les regards passent du marbre blanc au vermillon des bois et aux tuiles vernissées. Escaliers de marbre, statues, boiseries, peintures murales, sculptures, ponts de pierre, arbres vénérables, conduisent les visiteurs aux réflexions profondes. On cherche l'ombre de Puyi, de l'impératrice Ci Xi. Régent s'attarde dans le musée des horloges et des automates. Il se demande comment des objets si lourds sont arrivés ici, après un si long voyage, sans se briser. Il rejoint Émelyne au pavillon des Sons Agréables. Elle rêve d'acteurs et de musiciens en pleine représentation. Entre le jade, la vaisselle d'or, les trônes, les meubles, les laques, les émaux, les poteries, les porcelaines, leurs esprits s'envolent. Quelques heures auparavant, ils étaient à Montréal; maintenant, Émelyne précise que sous ce toit se situe le palais de l'Harmonie Suprême, à ne pas confondre avec celui de l'Harmonie Parfaite ou de l'Harmonie Préservée. Régent essaie de se rappeler qu'il passe dans le palais de la Quiétude et de la Longévité avant de se rendre à la porte du Génie Militaire, alors que ses œufs livrent bataille dans son ventre, sans lui donner la tranquillité terrestre.

Le soir venu, ils furent incorporés à leur groupe, une horde d'Américaines, qui faisait tanguer l'autobus.

Régent retrouva l'appétit devant le canard laqué qu'un cuisinier virtuose découpa sous leurs yeux. Les femmes lâchaient des : «*Isn't it marvellous!*», «*So nice!*», «*Just great!*» Elles prenaient des photographies du palmipède, qu'elles allaient avaler goulûment, en buvant force boissons gazeuses.

La soirée se termina dans une salle d'opéra de quartier. Les spectateurs chinois ne prêtaient aucune attention aux réactions bizarres des étrangers, car eux-mêmes discutaient du jeu des acteurs ou se déplaçaient fréquemment. Émelyne était captivée par la scène. Régent applaudissait seul et à contretemps.

Le lendemain, Émelyne enregistre une cassette pour son père :

« Hello, Paul!

« C'est intimidant un père, surtout quand il vous affirme qu'il vous aime. Un père qui vous ouvre la cité interdite de son cœur, quelle émotion pour sa fille! Quelle révolution s'est donc produite en toi? Ton empire ne t'a pas suffi? Toi aussi tu as voulu atteindre le palais de la Paix et de la Tranquillité et, en passant, tu nous offres le palais de la Nourriture de l'esprit et tous les autres que nous voudrons bien découvrir. Moi, je t'offre ces quelques mots simples, d'une fille à son père. Le décor est si grand que je ne peux te décrire mes émotions.

«Je dois cependant te préciser que je suis venue ici pour moi, pour me faire plaisir, avant tout, et très très peu pour 'nous', pour la famille. Tu essaies de recréer une famille alors que plus rien ne nous rattachait vraiment. Je ne pense pas que cela va suffire. N'est-ce pas trop tard, Père?

«Tu as toujours prétendu que je parlais pour ne rien dire. C'était peut-être vrai, mais écoutais-tu vraiment? Je voulais alors démontrer que je n'étais pas une pipelette agaçante. Pourquoi faut-il autant de temps et de distance pour déballer nos quatre vérités? C'est d'ailleurs plus facile pour moi de les exprimer à une magnétocassette qu'à toi en personne.

«Je ne pensais pas que tu pouvais être si sensible. Ta lettre m'a dérangée. Tu as toujours été le style homme d'affaires, froid et sec. Et hop! tu nous déclares : 'Je vous aime' et nous sommes en Asie! Ça donne un choc. J'appelle ça le choc jaune! Du coup, je prends un plaisir étrange à marcher par où tu es passé. C'est un peu comme si je cherchais, en chaque lieu, ce qui a fait que tu t'épanouisses.

J'assiste à ta renaissance. Je complète peut-être aussi ma propre métamorphose, mais ne crois pas que ton argent, ton cadeau royal, va nous rapprocher.

« Il pleut sur Beijing. Peut-être pleut-il aussi à Bali et à Hong Kong.

« Nous avons traversé la banlieue et ses immeubles modernes, aperçu les vieux quartiers, passé au milieu de la foule aux innombrables parapluies, joué dans le courant ondulant des vélos. Nous avons longé un canal bordé de peupliers où quelques pêcheurs attrapaient la beauté du paysage. Tandis que Régent se faisait courtiser par une imposante Texane, l'autobus nous a conduits au Palais d'Été. Il se cachait sous la pluie tenace. Un grand lac se perdait dans le gris lointain. On devinait les contours d'une île et, estompées par la brume, les arches d'un pont. La Texane a pris Régent sous son parapluie protecteur. Si tu avais vu la moue de ton fils et la joie de sa compagne! Nous avons tenté de la semer au milieu du labyrinthe de palais, de couloirs. Profitant d'un éclairage pâlot, Régent a réussi à se débarrasser de sa belle. Paisiblement, accompagnée d'un Régent enfin souriant, j'ai contemplé les fleurs de lotus et les grandes feuilles vertes qui flottaient sur l'eau. Une longue galerie de bois nous a menés au palais des Nuages Ordonnés, tandis que le ciel se crevait en déluge! Au pied du pavillon des Fragrances Bouddhiques, nous avons deviné, à travers les nuées, l'étendue du lac. Le trésor de la journée nous attendait.

« Oui, il est là, au bout de la galerie couverte. Le voici, maintenant devant nous, sortant de la brume, escorté d'une jonque en bois doré, le voici, le Bateau de marbre! Il est immuablement ancré sur les bords de ce lac, dans son marbre blanc veiné de gris, ses bleus vifs, ses sculptures, sa proue lancée au-dessus de l'onde calme. Le vaisseau de marbre, le vaisseau de Nelligan, le vaisseau des rêveurs, moi aussi je suis dans un rêve. Le toit en marbre ciselé, le pont supérieur, ses balustrades, il ne manque que les belles robes des courtisanes, une douce musique pour marier l'or, la soie, l'eau, le marbre, et peut-être la lune aussi.

« La beauté des monuments venge-t-elle l'homme de la mort? Nous sommes là, à penser à l'art, à l'histoire, nous sommes là, contemplant, nous élevant, quand, subitement, on entend un grand 'Plouf!' Régent se retourne. Une Texane s'enfonce parmi les fleurs d'eau. Elle crie au secours. Ton fils, oui, notre petit délicat, est déjà dans la boue. Il tend une main salvatrice à une femme pleine d'angoisse, d'eau, de boue et de reconnaissance. Les Chinois sourient. Ça sent la vase, la salade de nénuphars. Ah! que ton fils est entouré! D'Apollon, le voici maintenant Hercule. Sous les rires et les félicitations, nous avons repris le chemin du retour. Régent n'a pas eu le temps d'admirer les peintures qui ornent le Long Corridor. Il était couvé par son harem, qui en profitait pour le frictionner, le tâter. Il fuyait ces mains en proie à une sensualité frémissante.

« Je ne te dirai pas ce que nous avons visité d'autre dans cette capitale étonnante. Je laisse notre héros s'exprimer. Comment ai-je fait pour ignorer cette peinture, cet art, cette musique? Je suis étonnée par l'ampleur de mes ignorances! Ce n'est pas d'avoir admiré le Bateau de marbre ou la Cité interdite qui me rend plus intelligente. J'ai juste compris qu'avant je ne savais pas voir. Je suis bien sérieuse tout à coup. Est-ce donc cela, vieillir? Vieillir, est-ce croire que l'on avance sur le chemin de la Connaissance?

« Mon vaisseau ne sera pas de marbre. Je le veux léger comme une musique chinoise, léger comme vent sur tige de riz, doux comme ombre de bambou sur la rivière.

« Je reprendrai plus loin mon reportage. Je te quitte, trop préoccupée par une rencontre inattendue et quelque peu inquiétante. »

Chapitre X

CHANG

PLACE Tian'anmen. Il fait chaud, humide. Dans l'air flotte la poussière de la ville. Émelyne et Régent marchent près du mausolée de Mao Zedong. Des étudiants sont venus de leur lointaine université. Ils s'approchent. Ils se serrent, parlent tous en même temps. Leurs yeux brillent. Certains rient des cheveux longs de Régent. Il n'arrive pas encore à deviner ce qui se cache derrière le rire des Chinois.

— Vous avez de la chance de pouvoir porter des cheveux aussi longs!

— Est-ce interdit en Chine?

Ils répondent par un petit rire.

Un jeune a les yeux plus pétillants que les autres.

— Je suis étudiant en français. J'aimerais vous parler, entre nous, plus longtemps.

Sa voix est basse. Il est sur ses gardes.

— Je dois vous parler. C'est très important.

Les autres tournent autour d'eux. Ils essaient de les entendre.

— Nous habitons à l'hôtel Hademen, précise Régent.

— Non, impossible pour moi. Nous ne sommes pas autorisés.

— Pourtant il y a beaucoup de Chinois à l'hôtel.

— Des gens qui servent.

— Non, des clients comme nous.

— Des Chinois d'outre-mer, des gens haut placés, pas des étudiants.

Le groupe les assaille de questions. Les yeux de l'étudiant sont pleins d'inquiétude. Des questions, trop de questions.

— Appelez-moi Chang.

L'étudiant s'en va ensuite à l'écart. Régent et Émelyne s'éloignent poliment. L'essaim se dilue en souriant.

— Mademoiselle...

Chang, au regard traqué est là, dans la ruelle.

Il avance.

— Je ne peux pas vous parler plus longtemps. J'ai peur.

— De quoi?

— Nous sommes surveillés. Les universités bougent. Les étudiants ont des idées nouvelles.

Des gens s'arrêtent et les observent.

— Mais vous pouvez vous exprimer. On ne sent aucune menace. Tout le monde a l'air heureux en Chine...

— L'air heureux, comme vous dites.

— Avant, c'était pire, non?

— Vous êtes touristes. Vous traversez le pays. Vous n'y vivez pas. Vous ne comprenez ni les slogans ni la propagande. Vous vivez dans une autre Chine que nous. Vous venez ici, vous repartez, vous écrivez sur nous, vous nous photographiez. Nous ne savons pas ce que vous avez écrit ni ce que vous avez pensé. Jamais vos textes n'arrivent entre nos mains.

— Pour quelqu'un qui ne peut pas parler...

— J'ai soif, mademoiselle, monsieur, soif de liberté!

— La liberté?

— Je dois sortir d'ici.

— Cela viendra sûrement un jour.

— Non, vite.

— Vite?

— Je ne peux pas parler.

Il s'approche d'eux et d'une voix à peine perceptible il ajoute :

— À l'arrière de la Cité interdite. Demain à onze heures. Il faut!

Onze heures, à l'ombre d'un pin, près du sentier qui grimpe vers la Colline de Charbon.

Chang est arrivé, craintif. Il se retournait sans cesse.

— Marchons. Ne restons pas ainsi. Montons!

— Pourquoi?

— Il faut toujours faire attention. On nous surveille.

— Pourquoi tout cela? maugréa Régent.

— Je veux quitter la Chine!

— Dire que nous venons la visiter, que nous la trouvons belle et que nous aimerions y vivre plus longtemps et que toi, tu veux la fuir! s'exclama Émelyne.

— Moins fort, je vous en supplie. Je dois partir!

— Pourquoi? Pour aller où? insista Régent.

— Hong Kong. Ma vie est en danger.

— Comment?

— Je suis un responsable étudiant. Nous contestons le régime. Je suis fiché. Je risque beaucoup à vous parler ainsi. Il faut que vous m'aidiez à sortir.

Le soleil montait sur Beijing. Il perçait la couche de poussière ocre. Chang s'est arrêté. Il les a fixés droit dans les yeux.

— Voulez-vous absolument voir de quoi à l'air un Chinois qui pleure? Aidez-moi!

— Comment? demanda Émelyne.

— Je dois quitter Beijing sans éveiller l'attention. Je veux me joindre à vous. Je me ferai passer pour un guide. Acceptez, je vous prie. J'irai à Shanghai, puis à Guangzhou et, de là, j'essaierai d'aller à Hong Kong. Je dois réussir. Si j'échoue, je meurs. Si je reste, ma vie sera très difficile. Je suis prêt à mourir pour ma liberté!

— Comment traverserez-vous la frontière?

— Avec de l'argent, on peut, et des amis comme vous, on peut, de la chance et d'autres amis étudiants, on peut. On peut... au moins essayer.

— C'est de l'argent que vous voulez?

— De l'argent et votre appui. Laissez-moi être votre guide jusqu'à Guangzhou.

Ils marchèrent en silence. Leur voyage basculait. Désormais le pays apparaissait sous un autre jour. Ils se demandaient s'ils n'étaient pas en train de se faire arnaquer?

— Combien vous faut-il? interrogea Régent.

— Au moins trois cents dollars.

— C'est beaucoup! répondit Émelyne.

— Pour une vie?

— Laissez-nous réfléchir, ajouta Régent d'un air gêné.

— Demain, même heure, même endroit? interrogea Chang.

Ils hésitèrent, le regardèrent et acceptèrent.

Chang les quitta, le dos voûté, la mine triste. La défaite collait à sa frêle silhouette.

Il pleuvait, ce matin-là. Ils l'attendirent une heure, sous les pins ruisselants. Il ne vint pas. Ils poursuivirent la visite de la ville. Le soir, Chang marchait devant l'hôtel. Il refusa d'entrer.

— Réservé aux aimables visiteurs étrangers. Je n'ai pu venir ce matin. J'étais suivi. Quand partez-vous?

— Demain.

— Puis-je être votre guide?

— Nous avons une jeune Américaine qui s'occupe de tout, elle ne voit pas d'objection à ce que vous nous accompagniez, répondit Émelyne.

Les yeux de Chang brillèrent d'une intensité extrême. Soudainement, ils devinrent presque opaques.

— Je dois être très prudent. Quelle heure demain?

— Treize heures.

— Prenez un billet pour moi, je vous prie. Je vous quitte. Il faut être prudent. Merci! merci infiniment!

Chapitre XI

CONFESSIONS

« Bonjour, Paul!

JE suis venue ici, non pas en fille obéissante, mais pour profiter « de ton surprenant cadeau. Il y a quelques heures à peine, je n'étais encore que la parfaite touriste absorbée par l'exotisme des lieux. Je ne me préoccupais même plus de tes raisons, de tes objectifs familiaux ou de l'intensité de nos sentiments. Tu sais, je m'exprime bien, même en voyage, c'est cela, l'éducation! Blague à part, j'essaie d'être drôle pour échapper à l'inquiétude qui subitement nous accompagne. J'espère que tu m'entends, même si je parle à voix basse. Nous avons rencontré un étudiant que, par prudence, nous nommons Chang. Il veut sortir clandestinement du pays. Nous, aussi fous que lui, nous avons décidé de l'aider!

Je ne t'en dis pas plus. Je confie cette cassette à Régent. Nous la garderons en lieu sûr ou l'enverrons par un voyageur occidental.

« Cette fois-ci, est-ce parce que je ne me reconnais plus, est-ce parce que je découvre les choses importantes de la vie, j'ai le goût de te dire :

> « Gros becs!
> d'Émelyne »

Régent prit la cassette de sa sœur et ajouta :

« Hello, Paul,

« Je te parle vraiment pour la première fois. Je n'ai jamais éprouvé ce besoin auparavant, mais aujourd'hui, j'en ai gros sur le cœur!

« Tu as toujours pensé que j'étais replié sur moi, frêle et égoïste. Est-ce vrai? En partie peut-être, mais pas totalement! Moi, le solitaire, tu m'envoies dans le pays le plus peuplé du monde. En plus, sachant mes 'affinités', tu me lances au milieu des femmes les plus accaparantes qui soient. Me vois-tu entouré de ma cour de Texanes déchaînées? Me vois-tu avec cette blonde de cent kilos, qui tient absolument, depuis que je l'ai sauvée des eaux, que nous allions bras dessus, bras dessous? Non! Tu ne sais pas combien j'ai l'air idiot. Et ta fille, veux-tu que je te dise? Elle est envoûtée par des musiques étranges. Elle se plonge dans les livres pour me bourrer de détails qui me font sauter la caboche! Je suis plein de noms bizarres. Je fais des indigestions de tout, même de la 'beauté' et de la 'culture', ce sont des mots fréquemment utilisés par ta fille. Il n'y a pas beaucoup de discothèques ici. Ma vie est bien rangée. On se couche tôt. On se lève tôt. C'est l'enfer. À part ça, il faut que j'ajoute que tu m'as infligé l'électrochoc de ma vie.

« Oui, nous l'avons admiré, le monument visible de la Lune! Elle était là, au détour d'une montagne. Comme par surprise, elle est apparue sur un sommet, grise, crénelée, la Grande Muraille!

« Nous nous sommes approchés de Badaling. J'écoutais ma musique. Tout était beau! Quand je l'ai aperçue, tout devint étrange. Je me suis dirigé dans une allée de tee-shirts et d'autres souvenirs pour atteindre les fortifications. Elles dessinent un immense lacet défiant la topographie. Je n'ai pas eu de mal à distancer les Texanes. J'ai escaladé les marches abruptes. Je suis monté sur les forts. J'ai laissé le vent du nord me rafraîchir le visage et s'envoler entre les créneaux. Au loin, la muraille serpentait, se

cachait, revenait. En bas, les Texanes essouf-
flées me faisaient de grands signes amicaux.
Ta fille m'a tout expliqué, les dimensions,
les souffrances inouïes, l'énergie qu'il a fallu
dépenser pour construire cette œuvre gigantesque. Je suis encore ébloui.

« Plus d'une fois, il m'a semblé que tu
guidais nos pas, que tu étais avec nous. Je
n'aime pas trop cette sensation. On dirait que
tu es mort, que tu nous envoies ton fantôme.
Une fois, j'ai cru te reconnaître roulant à côté
de nous, sur un grand vélo. J'ai failli tomber!
Tu nous as dépassés en souriant. Nous
étions dans la ruelle qui jouxte la Cité interdite, sur le mur est. Entre les douves et les
hauts murs, il y a un petit quartier tout en
long. Nous as-tu vus filer dans cette ruelle et
foncer vers la Colline de Charbon? Sous les
arbres, un musicien jouait, des amoureux
regardaient l'eau placide. Ensuite, nous
t'avons perdu. Petit farceur! Sous l'ombre
douce des pins, nous avons gravi la Colline.
Beijing s'étalait sous nos yeux. Au loin, les
tours des hôtels, les blocs d'appartements, à
droite le parc Beihai et son grand plan d'eau
et surtout, devant nous, la Cité interdite,
dans le soleil. Comment, en quelques mots,
te faire ressentir mon émotion? Heureusement, nous traversons souvent en rêve les

lieux que l'on ne visite qu'une fois dans sa vie. Quand donc se termine un voyage?

« Ce matin, je suis triste. Tu as voulu que nous nous quittions. Me voici en route pour Xian, Émelyne pour Shanghai. Moi qui ne pouvais sentir sœurette, voilà que je la regrette. Chacun suit gentiment la route que tu as décidée. Famille éclatée en Asie, en souhaitant que le puzzle soit complet au retour, un beau tableau de famille! Je me demande de quoi nous aurons l'air dans cet hôtel de Hong Kong où tu nous as fixé rendez-vous. J'ai des moments de mélancolie lorsque je songe à la famille. Ça, je ne l'aurais jamais cru.

« Me voici en route, escorté de mes texanes, vers l'armée impériale. Quel harem inquiétant! Était-ce nécessaire de nous séparer? Ce n'est pas que j'adore ma sœur, mais, pour la première fois, nous nous sommes vraiment parlé. C'est drôle, autant je la trouvais sotte, prétentieuse, snob, à Westmount, autant je la découvre sympathique, cultivée ici. Elle a changé, ta petite, ou est-ce nous qui avons changé? J'arrête, parce que l'introspection ce n'est pas mon fort. Je ne suis d'ailleurs pas dans le décor pour te parler.

« Émelyne est assise pas loin de moi, nous sommes dans la salle d'attente de la gare de Beijing. Émelyne a le nez dans un bouquin, les oreilles sous le charme de ses musiques. On n'a pas fini d'entendre du chinois à la maison! De temps à autre, Émelyne me jette un coup d'œil : 'Tu lui racontes ta vie au père?' ou, encore plus subtil : 'Ce sont les confessions d'un fils gai à son père *straight*?' et pour achever : 'Comment séduire une Texane en Chine?'

« Émelyne est tellement prise par sa musique et sa lecture qu'elle oublie les milliers de passagers assis par terre, sur des journaux, dans la chaleur humide du midi. Certains dorment, d'autres mangent du riz aux légumes. Nous avons droit à la salle ventilée, aux grands fauteuils confortables. On annonce le départ, dans une heure, du train pour Xian, vingt-deux heures de voyage! Émelyne me quitte pour prendre la direction de Shanghai, avec un groupe d'Australiens. Ils sont typiquement australiens, ceux-là, jeunes, athlétiques, quand donc verrons-nous des Australiens normaux? Le monde est mal fait, père! Es-tu sûr de ne pas t'être trompé dans les groupes? Émelyne est déjà entourée. Elle m'envoie un au revoir à peine triste. Je lui fais un baiser de la main qui franchit la foule. Que j'ai donc l'air idiot! Les Texanes sont émues de mon émotion. Au revoir, sœurette! Fais attention aux boys! Au revoir, Beijing. Il me reste toi, père, pour monologuer. Même s'il est plus facile d'enregistrer des choses tendres que de les dire devant toi, je me demande si j'oserai te remettre ces confessions. Émelyne t'a parlé de Chang. Je ne dirai rien de plus. Nous craignons trop pour son avenir.

« Je commence à m'habituer à mes Texanes. Ma noyée m'a offert, en remerciement, une horreur, un dragon en plastique mauve, trente centimètres, qu'elle trouve *marvellous*'. Mes courtisanes me bourrent de riz, d'arachides, de légumes, de viande et de bière tiède. Elles me soignent, me couvent, me dorlotent, pourtant, je me sens seul. Je pense à Jim. Faudra vraiment pas que je te donne cette cassette. Oui, je pense à lui. Est-ce interdit? Comprends-tu cela? Oserais-je jamais te le dire de vive voix?

« Le décor n'a cure de mes interrogations. Les tours de Beijing ont laissé la place aux maisons grises, les slogans aux murs de terre. Mes Américaines chantent. J'ai comme une envie de sauter par la fenêtre grande ouverte, parce que la vie est mal faite.

« Adieu!»

Chapitre XII

LONG VOYAGE DANS LE LONG TRAIN

Depuis une heure, le train se balançait à travers la campagne. Régent était assoupi. La contrée défilait sous la fenêtre, champs de maïs, villages de briques, parfois une pagode à l'horizon, des vêtements séchant sur un balcon, des meules de paille, rondes et blondes; au loin, une cheminée d'usine, un vieux paysan qui avance, plié en deux, pantalon bleu, maillot de corps, grand chapeau. Les yeux endormis de Régent distinguèrent un rideau d'arbres. Des enfants se baignaient nus dans une mare. Les feuilles de maïs s'agitaient dans le vent brûlant de l'immense plaine. Un paysan tenait un râteau. Un âne broutait. Des vélos sillonnaient la campagne. Le train roulait dans son tangage régulier. Tout semblait paisible, rassurant. Une feuille de peuplier atterrit sur les genoux de Régent. Il la relança par la fenêtre et suivit des yeux sa trajectoire dans le sillage du train. Régent reprit sa magnétocassette, regarda la plaine et parla à Jim.

« Jim!

« Ma première cassette, et elle te vient de Chine! Ce train mettra vingt-deux heures pour nous conduire jusqu'à la grande armée impériale. Mon groupe se compose de Texanes jouant à cache-cache avec je ne sais quel objet. Cuisses rondelettes, genoux grassouillets et autres masses charnues, me sont offerts en spectacle. Je voyage accompagné d'un harem, qui me gave comme un porcelet. Ma vie sexuelle est ici totalement négative, libido à terre, stop. D'ailleurs, figure-toi que je rêve de frites, de *club sandwiches* et d'autres merveilles. Est-ce normal?

« Ma sœur est vraiment mieux que je ne le pensais. On s'est bien entendus à Beijing, sauf que, la taquine, elle est partie avec un groupe d'Australiens, style *surfers* blonds. Moi, je te l'ai dit, je suis entouré, de ce côté je ne risque rien. Côté esprit, je crains une détérioration.

« Elle est aussi partie avec un 'ami'. Moins je t'en raconterai à ce sujet, mieux cela vaudra. Ce jeune Chinois nous a ouvert les yeux... sur la souffrance, qu'en simple oiseau de passage je ne remarquais pas. Il faut vivre longtemps dans un pays pour un peu le comprendre.

« Nous avons vu la Cité interdite, la Grande Muraille, et j'en passe. Je te raconterai tout. Hier soir, nous étions sur la Place Tian'anmen, Émelyne et moi. Le vent chaud tirait vers le ciel les cerfs-volants. Les yeux du portrait de Mao les suivaient. Un beau vieillard aux cheveux blancs faisait monter un petit cerf-volant sur la corde d'un grand déjà tendu. Le petit cerf-volant, une fois arrivé en haut, se pliait, et il redescendait. Un bambin s'extasiait devant ce prodige, émouvante union de deux enfants d'âge opposé, jouant avec presque rien. Je te parlerai de la Grande Muraille et de la Cité interdite, mais pourquoi ne viendrions-nous pas ensemble ici? Toi qui travailles pour t'acheter une voiture, si tu changeais d'idées, la porte du voyage, plutôt que celle du garage, pourrait s'ouvrir. Être deux, à l'autre bout du monde... Nous avons marché dans l'allée des Ming, bordée de statues d'animaux et de dignitaires. J'étais dans un autre monde, entouré de saules pleureurs et de pêchers lourds de fruits. Plus loin, nous sommes descendus dans le tombeau de l'empereur Wanli. Quel étonnement! Des marches humides, nous étions à vingt-sept mètres sous terre et nos pas résonnaient dans les immenses voûtes et les longues salles. Dans la lumière voilée, apparaissaient les tombeaux de l'empereur et ceux des deux impératrices. Vases bleus et blancs, marbre blanc des trônes, voûte si haute, sommes-nous en Égypte? Sommes-nous aujourd'hui? On songe à l'au-delà et aux humbles qui ont travaillé pour les hommes-dieux mortels.

« Le compartiment est calme. Je me tais. À demain!»

«Nuit agitée. Les particules de charbon revolent par les fenêtres ouvertes. Le train s'arrête souvent. Il fait chaud. Nul ne se plaint. À côté de nous, des centaines de passagers, debout ou serrés sur des banquettes, voyagent sans dire un mot. J'ai toujours vécu dans le luxe, je ne le savais même pas. Je ne pensais pas que l'humain possédait autant de ressources en lui, tant de résistance, de patience.

« En allant prendre notre petit déjeuner au wagon-restaurant, j'ai rencontré un père tenant son bébé endormi. Ils avaient passé la nuit ensemble, le père ne s'appuyant que sur un mince rebord de radiateur. À côté, il y avait la première classe : quelques lits aux draps blancs, dans des compartiments fermés, des jeunes étaient allongés. J'ai cru apercevoir une bouteille de champagne, contraste insupportable.

« Je commence à mieux connaître mes Texanes. Elles sont sereines et se font des amitiés partout. Elles sont drôles et finalement très gentilles. Mes propos doivent t'étonner. D'ailleurs, je m'étonne moi-même. Ensemble nous avons admiré les plaines du Hubei, puis ce fut le coucher de soleil sur les pics et les canyons sculptés dans la terre rouge. Ce matin, on ne distinguait que la longue silhouette des peupliers à travers la brume. Apparurent les villages de terre, les montagnes autour. La grosse locomotive nous tirait le long de la vallée. Nous étions loin de Dallas! Voici le Fleuve Jaune, plutôt rouge argileux, la rivière Wei, immense étendue d'eau.

« Il est six heures. Le soleil tente de percer la brume. L'air vibre déjà de chaleur. La sueur colle sur notre peau. Nous traversons une rivière et, sur un grand pont, des hommes tirent, à bout de bras, de lourdes charrettes de charbon. Ils courent à côté de notre train, ils suent dans l'aube torride. À leur droite, le train martèle le pont, à gauche, une petite rambarde, le vide, l'eau boueuse et tumultueuse. Les ouvriers se laissent descendre, profitant de la pente. Ils vont encore plus vite sous la pression de la charge.

« Cela me rappelle les gens qui, cette nuit, s'élançaient sur les quais. Ils portaient des sacs, des paniers, des tas de ballots. Ils espéraient trouver une petite place debout, pour loger famille et bagages. Cela ressemblait à un film de guerre. Ils arrivaient à la gare, après de longs trajets sur des chemins de terre et de pluie. En sueur, muscles apparents, ils grimpaient, l'œil interrogateur, dans les wagons.

« Les vieilles locomotives chuintent leur vapeur dans la gare grouillante. Le train s'en va, secouant les rails, tandis que la brume monte dans la plaine. Les haut-parleurs diffusent de la propagande entrecoupée de musique patriotique. De temps en temps, un vent frais nous vient des montagnes dénudées. Il a traversé la campagne méticuleusement cultivée. Il nous change des nuées charbonneuses que nous dégustons à chaque virage et à chaque tunnel. Sur notre gauche, le soleil découpe la montagne en grandes masses sombres et en versants d'un vert tendre. Nous roulons vers Xian. Je me replonge dans *Le petit galopin de nos corps,* quel beau cadeau tu m'as fait là. Yves

Navarre voyage en Chine grâce à toi. Ce livre, c'est un peu de toi avec moi. Je t'y retrouve, toi que je connais encore si peu. J'aimerais que mes parents lisent ce livre. Peut-être nous comprendraient-ils moins mal. Un livre qui me donne le goût de vivre avec toi. Ne laisse pas traîner cette cassette. Les gens ont souvent la gueule plus grande ouverte que le cœur. Je ne crois pas que beaucoup de jeunes puissent exprimer des sentiments comme les nôtres dans ce pays. Je n'aimerais pas être ce que nous sommes, ici.

« Le train arrive à Xian, l'ancienne capitale de la Chine. L'élégance de Beijing laisse la place aux habits simples et solides des agriculteurs et des ouvriers. Les Texanes font se retourner bien des visages. Leur blondeur tranche parmi les cheveux nattés. Je m'offre une balade en solo. Bousculades épiques dans les autobus, remparts qui ceinturent la ville, la tour Zhouglou, la tour de la cloche. Je me promène et je finis ma journée dans le quartier de la grande mosquée Quingzensi où je goûte à la paix de son jardin calme.

« Aujourd'hui, le ciel est d'un gris de sable, chaleur accablante. Jim, je me sens très seul. J'ai envie de me plaindre, mais je

n'en ai pas le droit. Je t'adresse ces quelques
mots depuis un autobus qui cahote. Les gens
portent sur leur dos, sur leur vélo, dans des
charrettes, tout ce qui peut se déplacer, des
sofas, des réfrigérateurs, des chaises, oui,
Jim, quarante chaises sur un seul vélo. Je
n'exagère pas, ce ne sont pas des acrobates.

« J'ai visité Bampo, le village néolithique
aux maisons qui datent de six mille ans. Des
urnes funéraires, fossés de protection, poteries antiques surgissent devant moi et me
conduisent au silence. Je vais d'étonnement
en étonnement. Nous sommes sur le tumulus de Qin Shihuangdi, le premier empereur de Chine. Dans la vapeur qui estompe
les contours, la vue qui s'offre à nous est ma-
jestueuse. Au loin, la plaine et ses rideaux
d'arbres, en arrière la montagne, sombre,
massive, sous nos pieds, le tombeau de l'empereur, intact, inexploré, couronné par quelques
grenadiers en fleurs.

« J'ai en tête ces images de l'armée impériale présentées à la télévision. L'armée est à
moins de deux kilomètres. Nous descendons
les escaliers du tumulus en réfléchissant au
travail des sept cent mille personnes qui
obéirent aux ordres impériaux. Nous voici
maintenant sur le site de la Grande Armée.
Un couloir, et là, sous la lumière tamisée par

le toit, dans la terre sablonneuse, ocre, sèche, l'armée présente les armes. Onze rangées, sept mille soldats sous mes yeux! Ils vont par quatre, par deux. Au fond du hangar, on devine, sous la terre, la suite de l'armée qui, un jour, remontera vers la lumière. D'en haut, on se sent puissant. Devant la terre cuite, on se sent vivant. Ces hommes ne sont que d'argile, mais leur visage si différent de l'un à l'autre, leur couleur qui tranche avec celle de la terre qui les a recouverts, leurs regards venus de si loin, tout leur donne vie. Imagine-toi la véritable armée impériale, vivante, vibrante, soumise aux ordres de l'empereur. À quoi pensaient-ils ces soldats? à qui? Que reste-t-il de nous, empereurs ou simples soldats? Des sourires, des moustaches dans la glaise? Et les ouvriers qui sculptèrent ces soldats, étaient-ils libres? Comment vécurent-ils? Je sais maintenant, plus que jamais, que la vie est passagère. Elle ne fait que voyager par nous. Et le quadrige que nous admirons dans le musée annexe. Combien d'autres sont encore enfouis entre l'enceinte et le tumulus impérial? Que de talents, de trésors, de surprises encore cachés dans le sol chinois?

« Ici, il y a du délire dans l'air. Ce n'est que de la terre séchée, mais quel art, quelle énergie déployée! Chaque jour, je découvre une Chine nouvelle, je me découvre. Dans cette ville de Xian, où l'air est plein de poussières, je côtoie un peuple plié, courbé sous les charges. Insolite, étrange, envoûtante, mystérieuse, multiple, vivante terre chinoise, un pays-continent, un pays d'adjectifs! Il y a des lieux dans le monde où même le plus humble se sent élevé, touché par un frisson divin. Ces lieux sont si lourds d'âmes qui ont payé tribut, qu'elles semblent encore errer entre le ciel et les hommes, voguant à notre rencontre et nous faisant osciller dans notre belle assurance de vivants. Je divague.

« Ce soir, les Texanes m'ont fait le coup du ravioli chinois. Un premier plat dans des boîtes rondes, délicieux. Je savoure. Elles ont bien tendu leur piège. Dix plats décorés en fleurs, servis avec des sauces piquantes. La nourriture est épicée dans ce beau restaurant de Xian et appelle inévitablement la bière fraîche. J'ai soif. J'ai chaud. Elles chantent autour de moi, les trop gentilles Texanes. La journée a été longue. Elles gavent l'unique mâle du groupe. '*Isn't he cute?*', n'est-ce pas? Je rougis. Je vois double. Elles m'abreuvent. Ça tangue dans l'autobus du retour. Oh! comme il y a des vélos et des autobus! Oh! que ça tourne. Je me redresse. Non, non! Elles tournent autour de moi. Leurs bouches grandes ouvertes, leurs dentiers en terre vont et viennent. Ça tourne. Jim tu es loin. Émelyne chante dans la brume. Mère Gina s'éloigne à vélo avec papa Paul vêtu en empereur. Elles poussent des raviolis dans ma bouche, et coule la bière.

« Oh! ma tête! Quel jour? Quel lieu? Quelle heure? On frappe à la porte. J'ouvre.

« Au secours! »

Chapitre XIII

JIM, MON CHER!

« **J**E viens de résister à l'assaut éro- tique de l'armée texane, mais il paraît qu'hier j'ai absolument voulu montrer mes fesses à ces dames avant de me coucher. Ceci est à ranger dans le rayon des suppositions. Je n'ai aucune sou- venance de ces faits. Il y a des moments dans la vie où la solitude serait un plaisir divin. Il y a aussi des repas pleins de pièges. Bref, il y a des heures qui s'oublient quelque part et qui, le lendemain, tambourinent aux tempes. Je t'enregistre mon dernier message, car demain j'ai rendez-vous avec 'Elle'. Nous partagerons la même chambre, à Guilin. J'ai hâte que nous soyons seuls, elle et moi! C'est ma pré- férée. Comment en suis-je arrivé là? Eh bien, depuis Beijing, elle m'a manqué. Oui, je reverrai Émelyne à Guilin. De là, nous vole- rons vers Hong Kong.

« Je n'ai pas pu contempler, à trois mille mètres où j'étais monté, dont un quart à pied – eh oui! fluet, mais sportif! – le soleil au-dessus des nuages du Mont Emei, ni sa Percée bouddhique, ni sa Lueur sacrée. J'ai failli plutôt recevoir, tout à l'heure, un volumineux crachat qui, en me frôlant a presque fait revenir la pseudo-omelette aux tomates que je venais d'avaler. La Chine n'est pas que poésie. Là-haut, on vit dans l'irréel, dans un décor de stalags. Les gens errent, couverts de manteaux de l'armée, sous la pluie et l'orage qui se déchaînent. Sur le sommet, un beau temple en construction redonnera, peut-être, le goût aux dieux de revenir y côtoyer les humains. Mais comme elles étaient belles les femmes qui grimpaient avec nous. Elles allaient de leur pas sûr, toutes de bleu vêtues, la natte noire rythmant leur marche. Les vieux, la canne à la main, petites espadrilles de corde, souriaient devant mes efforts. Les porteurs faisaient une pause, plaçant leurs pics sous la charge. Ils reprenaient ensuite l'ascension, le dos ployé. Mes Texanes avaient pris le téléphérique. Pimpantes, elles m'attendaient au sommet.

« Le gong a retenti après une nuit de grands vents et d'éclairs déchirants. Le tonnerre se transmettait dans les cieux en une onde métallique, longue, claquante, presque sèche. Ce fut mon plus bel orage, comme une vengeance des cieux pour le manque de respect des hommes envers la montagne sacrée.

« Ce matin, la route nous mène dans une vallée sinueuse. Au loin, on aperçoit les sommets enneigés du Tibet. Ils surgissent entre une multitude de montagnes sombres et verdoyantes. C'est un horizon que nous atteindrons peut-être un jour ensemble, dans un autre voyage ou un autre rêve.

« Je te parle, assis à la terrasse d'un monastère qui nous accueille dans sa grande paix : Wanniansi, le monastère des Dix Mille Années, ce que je nous souhaite de bonheur commun! J'ai atteint le nirvāna! Ici, des arbres, des arbres, rien que des arbres! La galerie est de bois rouge avec de beaux fauteuils d'osier. Le gong vibre. Les grillons, les oiseaux bruissent et frétillent sans cesse. Nous sommes en pleine forêt, à mille mètres, savourant la fraîcheur de l'air pur. De ma chambre, je vois les pèlerins venir vers les temples pour la prière. Ils se prosternent devant la statue de Bouddha, font brûler de l'encens. Je me sens irrespectueux à passer si bêtement à côté d'eux, ma cuvette émaillée à la main, pour aller chercher de l'eau.

« Après les twit-twit, zis, zis, zis, chic, chic, chic, des insectes de la nuit, nous trouvons le sommeil.

« Coups de gong, sons étouffés, roulements sourds d'un tambour. Il est quatre heures du matin. Les moines sont debout, près du Bouddha. Ils prient. Les vieux en avant, les jeunes en arrière, les yeux à peine ouverts. La prière est murmurée, rythmée de quelques coups de gong et de tambour. Elle emplit le temple et la cour carrée, où un petit bassin fait briller les étoiles. Les ondes se perdent dans la grande forêt assoupie.

« Des femmes, vêtues de bleu, se tiennent debout, à gauche du Bouddha. Elles portent un bandeau blanc sur la tête. Silencieuses, elles font face aux moines. Deux statues encadrent le Bouddha qui semble bouger sous la lueur des bougies et flotter dans le parfum des encens. Un moine regarde sa montre. Les Texanes sont comme moi, recueillies, un peu endormies, accoudées à la balustrade du temple. Subitement, à notre grande surprise, nous entendons, entre les prières, un raclement. Un moine s'approche, se penche, déverse sa salive à nos pieds et retourne à sa prière.

« La cérémonie terminée, nous regagnons nos chambres. Nous sommes de nouveau réveillés par les gongs et les raclements. Le petit déjeuner, je ne sais si tu l'aurais apprécié, arachides, thé et tomates au sucre.

« Nous roulons en direction de Leshan, sous une pluie violente. Maisons de bois, vallée verte et, en bas, au fond, le torrent qui gronde. La route descend en lacets entre la montagne et les champs de maïs. Le torrent, grossi par les pluies, charrie des eaux rouges et bondissantes. Subitement, dévalant la montagne, de gros blocs, arrachés par les eaux, s'écrasent sur la route. Souffles retenus. L'autobus fonce. Bruits de tonnerre.

« Revenu de mes émotions, je me retourne, des hommes poussent des bicyclettes chargées de bambou, d'autres marchent pieds nus, évitant de justesse la cascade rugissante.

« Puis, la route se tortille parmi les coteaux. Nous voyons des mineurs sortir d'étroites galeries percées à flanc de montagne et tirer le charbon jusqu'à la lumière.

« Loin, en bas, la chaleur monte dans la plaine où le riz berce ses tiges d'un vert tendre. J'aimerais m'arrêter longuement, m'asseoir auprès de la femme qui trie la paille de riz, écouter sa chanson, sa vie. Je voudrais peindre la paysanne, portant des seaux de bois au bout de sa palanche. Les oies dodelinent de toute leur blancheur sur la digue. Les canards cancanent dans la vase. Les bambous lancent leurs flammes, doux parasols sur les chemins de terre. Les vieux sont assis sur des chaises longues et des bébés, les pantalons fendus en cas de besoins pressants, jouent à leurs pieds. Nous sommes sur la route qui mène au Tibet. Les camions bâchés, les villages aux rues encombrées, la chaussée en réfection, ralentissent, heureusement, notre voyage. Nous longeons des collines et des plantations de thé.

« À Leshan, un gigantesque Bouddha est sculpté dans la falaise qui domine une confluence. Le Bouddha m'impressionne, mais aussi les remous du Minjiang. Les herbes arrachées aux rives tournoient dans les eaux rouges, tandis que filent les longues embarcations. Parfois, je me demande si je ne rêve pas. Je viens de voir une voiture chargée de canards. Il y en avait partout, plus d'une centaine, en route vers le marché. Les bêtes me fixaient de leurs yeux ronds et noirs. Plus loin, deux cochons étaient accrochés sur une moto, chacun d'un côté, allongés dans des paniers. Un homme s'en allait à bicyclette avec une trentaine de canards, un autre dix rondins, tous dressés, à l' arrière du vélo. Ici, on pousse, on tire, parfois pieds nus, très jeunes ou très vieux, dans la chaleur. Nous passons, dans un autobus qui cahote sur la route, au milieu d'un peuple en constant effort. Mes amies texanes sont, comme moi, songeuses. Comme elles font mal ces pierres sur lesquelles butent les pieds nus! Comme elles sont longues les côtes, pour ces femmes et pour ces hommes qui peinent! Comme ils doivent être lourds, les paniers dans les bras des paysannes qui refont la chaussée! Comme elle doit être intense, la chaleur, pour tous!

« Chengdu, sept heures du matin. Il fait déjà chaud. Nous attendons l'embarquement pour Guilin. Les ventilateurs tournent. Les fenêtres de l'aérogare sont grandes ouvertes sur la piste. L'aube chasse les derniers papillons de nuit. Les bagages sont hissés dans les carlingues luisantes. Nous venons de traverser la ville de Chengdu qui se réveillait. Sur son piédestal, Mao nous a salués. Je te souhaite de parcourir une ville chinoise au petit matin estival. On y retrouve la douceur des peintures où tout s'estompe dans la soie légère. L'air est encore imprégné des vapeurs nocturnes. Les ombres jouent avec les lueurs de l'aube. Je te souhaite les rizières vertes, les oiseaux chantant dans les cages d'osier, les vieux en chemisette blanche, glissant dans les parcs, dans l'harmonie du taïchi. Viens voir les trottoirs où dorment les boutiquiers. Admire les efforts des paysans venus de la campagne, tirant leurs charrettes de pastèques ou leurs paniers débordant de légumes. Chengdu s'éveille dans ce matin d'été et nous salue.

« Je m'arrête. Urgence. Situation grave. Je planque tout.

« Je reprends. Voilà tout ce que je viens de vivre, il y a une heure. Je te le raconte presque en direct. Si j'avais pu, je t'aurais dit : Je me sens subitement nerveux. Il me semble que je suis épié, que quelqu'un constamment me surveille. Sensation désagréable. Est-ce à cause de notre ami chinois rencontré à Beijing? J'ai des bouffées de peur, tandis que des regards se posent sur moi comme des épées. La police m'a pris en filature. Je suis inquiet, surtout pour notre ami. L'étau se resserre sur nous, sur lui. Pourra-t-il traverser le filet? Ça y est, j'en suis sûr, on va m'interroger. Deux hommes s'approchent. Ils parlent à notre guide. Ce sont des policiers en civil, il n'y a pas de doute possible. Ils m'encadrent. J'ai froid. Je tremble. Ils veulent fouiller mon sac. Je refuse. Il y a une cassette d'Émelyne qui peut être compromettante pour Chang. La cassette est identifiée *Beijing - Émelyne.* Nous venons de tomber à pieds joints dans le piège. Ils cherchent la preuve et nous la leur donnons! Il ne faudrait jamais parler. Rien. Les mots les plus innocents peuvent blesser.

« Ils me tendent une photographie. C'est Chang.

— Vous reconnaissez?

« Ils parlent bien l'anglais. J'hésite. Il vaut mieux ne pas mentir. Ils savent très bien de qui il s'agit. Je réponds en anglais, lentement.

— Vaguement...

— Son nom? Leur voix est dure.

— Chang.

— Non! son vrai nom?

— Nous l'appelons Chang.

Ils insistent. Ils s'impatientent.

— Que vous a-t-il dit?

— Il nous a posé des questions sur le Canada.

« Le plus grand des deux policiers s'occupe de mon petit sac à dos. Sa main glisse rapidement partout.

— Soyez coopératif, je vous prie. Cet homme vous a-t-il fait part de ses projets?

— Vous n'avez pas le droit de m'interroger.

— Nous bavardons, n'est-ce pas?

« L'autre vide mon sac. Les Texanes s'indignent. Elles se font menaçantes. Je suis trop ému pour répliquer.

— Quels sont les projets du soi-disant Chang?

« Je regarde par la fenêtre. Au loin, la campagne si paisible me paraît vivre sur une autre planète. Les bruits de l'aérogare entrent dans mes oreilles. L'inquisiteur hausse la voix.

— Que vous a-t-il dit?

— Qu'il aimait la Chine, sa terre natale, un grand et beau pays qu'il aimera toujours. Voilà ce qu'il a dit!

« À mon tour j'ai haussé la voix. Nos regards se croisent comme des armes. Les deux policiers me fixent avec étonnement.

— Où est votre autre sac? Les vêtements?

« Je chancelle. Ma vue se voile. C'est dans mon grand sac que j'ai mis la cassette d'Émelyne.

— Cherchez.

« Ils grimacent. Le fouineur a déjà la tête baissée. Ses mains plongent, inspectent, tâtent. Il vide les poches latérales. L'autre reprend l'interrogatoire, son accent anglais est de plus en plus métallique.

— Il ne vous a rien dit d'autre, Chang?

« Je reste muet.

— Rappellez-vous bien et nous vous laisserons tranquille.

« Je réfléchis. Ma respiration redevient presque normale.

— Vous a-t-il parlé en arrière de la Cité interdite?

« Comment sait-il cela? Nous étions déjà pris en filature.

— Oui, et même sur la Colline de Charbon.

— Voilà, nous sommes prêts pour le dialogue...

« Le fouineur a trouvé quelque chose qui l'intéresse. Il sort la cassette d'Émelyne.

— Je vais tout vous raconter.

— Bien, c'est très bien!

« Je saisis la cassette des mains du policier.

— Voici! Nous avons même pris des notes. Écoutez! Vous comprenez le français?

— Pas beaucoup.

— Je vais vous traduire. Ça sera un peu long.

« Les deux hommes se courbent et sourient. Ils sont mielleux.

— Nous avons tout notre temps.

— Hello Paul! C'est intimidant un père, surtout quand il vous affirme qu'il vous aime...

— Arrêtez!

— Vous mademoiselle? Ils appellent notre guide. Pouvez-vous traduire?

— Je ne parle pas le français.

— Qui connaît le français ici?

« Déception sur leur visage. Je marque des points. Il faut continuer. Je reprends la cassette. Je la mets dans mon sac. Je ferme mon sac et je les regarde droit dans les yeux.

— Pensez-vous que nous sommes venus ici pour faire de la politique? Pensez-vous que tous les gens qui nous parlent dans ce pays sont des réactionnaires? Pensez-vous que nous serions prêts à gâcher nos vacances en enregistrant des choses compromettantes? Pensez-vous qu'il n'est pas temps de me laisser tranquille? Pensez-vous que vous donnez une image positive de votre pays? Je crie de plus en plus fort. Des gens s'attroupent, des Chinois, des étrangers.

— Arrêtez! arrêtez, monsieur!

— Arrêtez-vous d'abord!

— Ce n'est pas vous que nous allons arrêter, aimable visiteur, mais bien cet étudiant de Beijing!

— Pourquoi? Parce qu'il nous a parlé?

— C'est un réactionnaire. Il doit être rééduqué. Nous le retrouverons et nous aurons des preuves contre lui.

« Ils ont fouillé dans mon sac, ont sorti les cassettes. Ils ont vérifié, elles étaient toutes en français. Ils cherchaient un message en chinois, un texte que Chang aurait fait passer à Hong Kong.

— Veuillez coopérer plus gentiment. Nous pouvons confisquer toutes vos affaires et vous arrêter. Votre statut d'étranger ne vous donne aucun privilège, surtout pas celui à l'arrogance. La cassette, nous voulons la cassette de Chang!

— Je ne sais pas ce que vous dites, je n'ai rien. Nous n'avons qu'une cassette enregistrée à Beijing.

— Donnez!

— Elle est à moi!

— Nous avons repéré un voyageur français. Il va nous la traduire.

— Faites-le venir! Je ne lâche pas ma cassette et pas mon groupe!

« Ils m'ont quitté en maugréant. Peu de temps après, ils sont revenus. Ils encadraient un homme d'une cinquantaine d'années. Le

Français avait l'air étonné. Il s'est présenté poliment.

— Je ne comprends rien à cette histoire. Ils me demandent de leur traduire une cassette.

— Démarrez la cassette, m'ordonna le fouineur.

Le Français, éberlué, écouta le récit d'Émelyne. Il me jeta un coup d'œil sceptique au-dessus de ses lunettes et commença la traduction.

« Hello Paul! C'est intimidant un père, surtout quand il vous affirme qu'il vous aime... Il pleut sur Beijing. Peut-être pleut-il aussi à Bali et à Hong Kong... mon vaisseau ne sera pas de marbre. Je le veux léger comme tige de riz, doux comme l'ombre d'un bambou sur la rivière. »

« Heureusement, le Français interrompit la traduction. Il nous scruta tous. Le silence pesait sur le groupe.

— C'est ça! J'aime ça, ajouta-t-il en souriant : 'Doux comme l'ombre d'un bambou sur la rivière.' Même en anglais, c'est beau. Qu'en pensez-vous messieurs?

« Le visage des agents resta rigide. Ils se penchèrent sur la cassette comme s'ils allaient y voir, au milieu, sur un écran, leur ennemi tant recherché. Ils partirent en râlant. Le Français les suivit du regard.

— Ils n'ont pas beaucoup le sens de l'humour ces messieurs. Ils sont étranges. Pourquoi sont-ils venus me chercher dans mon coin pour leur traduire une cassette personnelle? D'ailleurs, la fin est belle, mais plus poétique qu'affectueuse.

« Les Texanes branlaient négativement la tête, ahuries par le vent fou qui venait de souffler. La guide me fit un clin d'œil admiratif. Le Français vint s'asseoir près de nous. »

« Voilà ma mésaventure, je vais bientôt te quitter. Mes Texanes, alourdies de souvenirs, débordantes de paquets et de gentillesse, se lancent sur la piste. Leurs espadrilles contrastent avec les curieuses chaussures à talons hauts de messieurs les fonctionnaires. Je vais tenter de contempler le soleil matinal sur la Chine avant de retrouver Émelyne.

« Je t'ai enregistré cette cassette à voix basse. Je suis dans l'avion entre Chengdu et Guilin. Tu entends le bruit des réacteurs. Je vais remettre la cassette, par prudence, à notre ami français qui continue vers Hong Kong où il sera dans quelques heures. Guilin surgit déjà en vision stéréoscopique. C'est fascinant! Paysage de cimes, de montagnes, de rizières aux verts nuancés, villages sur les buttes, eau miroitante. Le relief semble sortir de la terre et compose une image pleine de creux et de bosses dans le hublot. J'aimerais rester dans cette sérénité de l'avion, devant ce paysage si soigneusement tissé, mais j'ai peur pour Émelyne, peur pour Chang. Que leur est-il arrivé? Si j'ai été filé, eux ont dû se faire arrêter. L'air climatisé reflue en nuages dans la carlingue. Pourquoi les problèmes ne peuvent-ils pas se dissoudre dans cette vapeur? Il est arrivé quelque chose de grave à Émelyne. Je le sens aux tripes. Affreux pressentiment. Insupportable attente.

« Au revoir. Plus que de l'amitié de moi à toi.

« Régent, le 'petit galopin' de Chine, et de ton cœur, j'espère! »

Chapitre XIV

ÉMELYNE

« De Shanghai à Guangzhou

HELLO, Philippe.
«   Je crois que tu remporterais ici un succès de curiosité, comme les rouquins, les blondes et les barbus. Moi qui pensais que mon prochain voyage me mènerait vers ton 'Haïti chérie', qui avais commencé à lire des tas de choses sur ton pays, je me trouve subitement immergée dans des lieux inconnus. Tout ce que je sais sur Port-au-Prince ne m'a pas beaucoup servi ici.

« Mon frère est un agréable compagnon de voyage. Finalement, il n'a rien d'un efféminé ou d'une follette. C'est un gars comme toi. Évidemment, je ne passerais pas ma vie avec lui. Lorsque nous nous sommes quittés à Beijing, j'avais le cœur gros. J'ai même été

jalouse de ses Texanes qui l'accompagnaient;
lui était jaloux de ma bande d'Australiens. Tu
sais, le genre revues de surf. Tu dois frémir
en lisant cette lettre, mais que serait l'amour
sans frissons?

« Départ de Beijing. Tristesse de quitter
Régent. Chaleur. J'ai un nouvel ami. Il s'appelle Chang. Il est notre guide chinois. C'est
un compagnon de voyage d'une grande culture, qui nous apprend mille choses sur la
Chine. Il aime son pays et souffre de tant
l'aimer. Je ne peux, pour l'instant, t'en raconter plus. Nous apprécions tous cet homme
si discret et si serviable. Il nous a conquis.

« Nous avons passé, les Australiens et
moi, l'après-midi et la nuit dans le long, long
train Beijing-Shanghai. Tout aurait pu arriver, en compagnie de ces beaux sportifs, dans
ces couchettes étroites, ce balancement per-
pétuel. Tout aurait pu arriver dans cette chaleur des nuits d'été. Nuits de Chine... ce n'est
pas cela qui s'est produit. Ce fut, hélas, plus
tragique.

« Toute la nuit, dans les soubresauts et la
fumée de charbon, l'inquiétude m'empêcha de
dormir.

« Tôt le matin, la musique est sortie des
haut-parleurs, d'abord douce, puis on a eu
droit à de la propagande saccadée. Je me

sentais encore plus nerveuse. Je jetai un coup d'œil sur la campagne, cherchant à porter mon attention loin de mes préoccupations. De vastes champs, aussi immenses que mon désarroi, s'étendaient jusqu'à l'horizon. Il y avait quelques routes bordées de peupliers et de trembles. Des ânes tiraient des charrettes. Des femmes lavaient du linge dans des mares. J'enviais leurs gestes amples, alors qu'un piège se fermait sur moi. Il faisait chaud. Il avait plu abondamment durant la nuit. Les camions s'enfonçaient dans la boue. Les paysans pataugeaient dans les chemins rouges.

« Villages, cheminées, blocs d'appartements, gare, nous roulions depuis des heures vers le sud.

« J'ai beaucoup appris avec Chang. Derrière l'image calme et sereine de la Chine, derrière les monuments splendides, les gloires passées, le folklore, une marmite bout. Les jeunes expriment leur colère. La Chine n'en est pas à sa première convulsion. L'université s'impatiente. Mao n'est plus à la mode. Le vent du changement souffle. Dire, qu'avant, je n'ai rien vu de cette autre face de la réalité. La liberté va-t-elle émerger grâce à ces jeunes?

« Je suis triste, infiniment. De Beijing à Shanghai, dans ce train qui ballottait en tous sens, Chang a souffert. Il nous expliquait son pays, nous décrivait la campagne. Il aimait cette terre, ces paysages. Dans son français chantant, il parlait avec passion, mais il était très inquiet. Souvent, il regardait les gens qui allaient et venaient dans le couloir. Certains Chinois s'arrêtaient, le dévisageaient. Lui, faisant semblant de rien, portait de nouveau ses yeux vers la ligne d'horizon, mais ses doigts se crispaient. Les muscles de ses mâchoires saillaient sous ses joues. La peur me serrait. Un homme est passé plusieurs fois. Il se tint même dans le cadre de la porte. Il revint. Il posa des questions à notre guide américaine. Je pensai que c'était un contrôleur. Il demanda son billet à Chang. Ils se parlèrent durement en chinois. Chang nous confia qu'à Shanghai il devrait se rendre auprès de cet homme et qu'après il ne savait pas ce qu'on ferait de lui.

« À partir de ce moment, Chang n'a presque plus rien dit. Ses yeux devinrent sinistres. On y lisait le reflet de la mort. Le train, dans son vacarme métallique, traversait la campagne. Des odeurs de riz bouilli, de légumes, et des vapeurs de thé se mêlaient aux puanteurs des latrines. Des tasses de thé s'entrechoquaient sur les tablettes. Les bouteilles thermos tanguaient devant la fenêtre. Mes compagnons ne riaient plus. Ils essayaient de lire. On discutait à voix basse. Chang regardait par la fenêtre. Il était piégé. Il a subitement griffonné quelque chose, puis il m'a tendu en cachette le papier. Je l'ai glissé aussitôt dans ma poche, le plus discrètement possible. Il m'a fixée longuement. Nous sommes restés silencieux. Ce fut l'un des regards les plus étranges que j'aie rencontrés de ma vie, un des silences les plus douloureux. Je lisais en lui la détresse, l'amitié, la vie, l'espoir, la peur, la mort. Il s'est tourné de nouveau vers la fenêtre. Le train entrait dans Shanghai.

« L'énorme banlieue commençait à s'étaler devant nous. Chang m'a pris la main, a jeté un coup d'œil dans le couloir et m'a murmuré :

— Merci.

« Ce fut son dernier mot.

« Il s'est rué vers le couloir. Il a bousculé les passagers. Je me suis levée. Le contrôleur s'est précipité derrière lui, suivi de deux hommes en uniforme. On a entendu un grand bruit de métal, un cri et d'autres cris très perçants. Des gens montraient du doigt le bas-côté. Je me suis penchée par la fenêtre. J'ai aperçu une boule qui roulait. J'ai reconnu les vêtements de Chang, la tache de ses cheveux noirs. Le corps rebondissait sur le ballast. Des enfants, qui n'avaient pas compris, nous envoyaient des saluts en riant. Le corps gicla comme un pantin désarticulé et finit sa course dans une mare. Le train filait. Les hommes en uniforme se tenaient à la porte du wagon. Je crus distinguer le corps de Chang, la tête plongeant dans la nappe d'eau. Tout le monde regagna sa place. Le vacarme du train me parut assourdissant. Les hommes en uniforme hurlaient dans le couloir. Ils interrogèrent notre guide. Ils me demandèrent, en anglais, de venir dans le couloir.

— Comment s'appelait-il?

— Chang.

— Son vrai nom?

— Chang.

— Où allait-il? Que savez-vous de lui? Qui êtes-vous?

« J'étais sûre qu'ils connaissaient déjà les réponses. Je suis restée le plus vague possible. Je voyais sans cesse le corps de Chang rebondir, sauter au-dessus du remblai, rouler sur les cailloux aigus et s'écraser dans la mare. Ses chances de survie me paraissaient bien minces. Si la vie ne l'avait pas déjà quitté, elle ne devait pas être forte en lui. Sa douleur physique ne pouvait qu'être atroce.

— Vous enregistrez souvent. Avez-vous parlé de lui, de vos entretiens? Pouvez-vous nous montrer vos cassettes?

« J'ai prétendu que je n'avais noté que de vagues impressions de voyage, rien de bien important et que tout avait été envoyé à mon père. Ils me demandèrent de leur montrer mon sac.

— Cet homme fait partie d'un réseau. Nous cherchons le nom des complices. Ils leurrent les touristes en se faisant passer pour des opposants politiques, des gens épris de liberté. Ce n'est qu'un délinquant, un de ces nombreux voyous qui extorquent des fonds aux visiteurs. Nous luttons contre eux, mais ces voleurs se multiplient comme de la vermine. Nous ne vous voulons aucun mal. Vous êtes nos aimables hôtes et vous avez été victimes d'une de leurs manigances.

« Je craignais qu'ils ne trouvent mon carnet. Régent portait une cassette plus compromettante, que je regrettais amèrement d'avoir enregistrée.

« Je leur indiquai le sac de notre guide, qui laissa faire.

— Votre esprit de collaboration vous honore, mademoiselle, me dit l'un des interrogateurs.

« Ils fouillèrent en vain. Ils s'excusèrent et quittèrent poliment le compartiment en nous souhaitant, sourire aux lèvres, une bonne fin de séjour en Chine.

« Ces hommes n'avaient pas réussi à me faire douter de Chang, pas après nos conversations sur la Colline de Charbon, pas après notre voyage en train. Pourquoi Chang nous aurait-il accompagnés, aurait-il pris tant de risques alors qu'il était déjà en possession de l'argent?

« Le train entrait en gare de Shanghai. J'ai visité Shanghai, seule, voulant apprivoiser cette ville à mon rythme, et essayant de sortir de ma tête les images tragiques. Sans cesse, les mouvements repassaient au ralenti devant moi et se terminaient toujours par un corps affreusement mutilé.

« La ville n'est pas parvenue à me calmer. Partout, je pensais à lui, à toi. Le centre de la cité m'a rappelé le 'vieux' Montréal. La longue courbe du 'Bund', sur les rives du Huangpu, est bordée d'édifices très montréalais. Cela fait un pincement au cœur que de rencontrer, si loin de chez soi, des paysages si familiers. 'Échangerais un chinatown de Montréal contre une euroville de Shanghai.' Le Huangpu charrie des eaux jaunes et brunes que fendent d'élégantes jonques et de lourds cargos. De luxueux paquebots attendent au large. La foule est très dense, ici. Une chance, je reconnais vite mes blondinets parmi ces chevelures de jais.

« De cette ville, je garde aussi le souvenir d'un concert de klaxons qui débute avec l'aube et ne s'arrête que vers les onze heures du soir. Que de monde, de voitures, d'autobus et surtout que de bicyclettes! Souvent j'ai l'impression d'être suivie. Je me retourne et ne reconnais personne. La police est sûrement derrière moi. Ils doivent se relayer. J'ai peur. Je prends mon temps à leur faire perdre le leur. Je me console en me disant que je les conduis sur une fausse piste, qui donne une maigre chance de plus à Chang, si jamais il a survécu. J'erre dans les ruelles. Je photographie les gens assis sur les chaises longues, cherchant l'illusoire fraîcheur du soir. Ciel lourd d'orage qui n'éclate pas, joueurs de cartes, éventails, bébés qui vont fesses à l'air. Ce soir, Shanghai, comme moi, ne respire presque plus.

« On balaie constamment, mais il y a toujours sur le trottoir la terre noire qui, après la pluie, éclabousse les mollets. Shanghai est bruyante, commerçante, méridionale. On y vend de tout, des tissus dont l'odeur vient me chercher jusque dans la rue, des appareils électriques, des bijoux, des aliments. Je me souviens d'un attroupement autour d'un homme qui épluchait un serpent vivant. J'étais aussi fascinée que les enfants qui assistaient à la desquamation.

« Un jour, Philippe, nous contemplerons ensemble, et dans la paix, les bronzes, les peintures, les poteries du musée de Shanghai. Shanghai reste, pour moi, un quai sous la brume chaude, un air qui colle à la peau, des façades de vieilles banques aux colonnes grecques. Il faudra, ensemble, découvrir où se cache, sous les platanes, le vieux quartier français. Ville étrange. Je te montrerai le jardin Yu, le jardin du Lent Bonheur et ses ponts en zigzag. Le soir, nous retiendrons notre souffle devant les acrobates du gymnase. Mon esprit retourne toujours vers le Bund. Vers cette fillette qui joue avec un grillon attaché à un fil. L'insecte s'envole, effectue des rondes et se pose sur sa chemise. Elle a acheté l'insecte à un marchand ambulant. Les clients choisissent, dans de petites boules d'osier, le grillon qui « chante » le mieux et l'enferment.

« C'est Hangzhou, au sud de Shanghai, que j'ai jusqu'ici préférée. J'y ai trouvé un peu de calme. Je pense que les policiers ne sont plus à nos trousses. Je ne peux rien faire pour Chang. Je ne peux qu'attendre à Hong Kong pour avoir des nouvelles. Je veux garder espoir en sa réussite. Je crois que c'est ma façon de l'aider, même si mon raisonnement me semble un peu enfantin.

« Dans cette cité, les platanes composent un véritable tableau impressionniste. Sous leur voûte accueillante, glissent les bicyclettes noires. Les Australiens se retournent pour admirer les robes légères qui volent sous l'ombre tachetée de lumière. Plus loin, des hommes ploient sous des charges énormes, la lanière sur le front, les pieds s'enfonçant dans le goudron collant. D'autres tirent, sous une chaleur accablante, des charrettes chargées de blocs de béton. La douceur de cette ville ombragée ne pourra jamais me faire oublier ces scènes d'effort. Ici, certains puisent, au fond d'eux-mêmes, une énergie surprenante pour des corps d'apparence si frêle. Mes athlètes blonds sont aussi étonnés que moi.

« Hangzhou est aussi poésie. Les saules bordent un lac immense entouré de collines. En ce moment, je te parle, assise sur un banc, face au lac, aux ponts, aux îles, aux petits bateaux. Il y a peu, nous avons, à bicyclette, sué jusqu'à la pagode Liuhe, la pagode des Six Harmonies. Elle domine les flots du Qiantang, larges et jaunes. Nous avions visité, auparavant, une usine d'éventails. On y fabrique des merveilles en bambou, en bois de santal. Les femmes scient chaque trou avec précision. Ici, un ouvrier peint des personnages, un paysage, là, des artistes étudient de nouveaux thèmes. On travaille pour des salaires de misère. Évidemment, le coût de la vie est moindre que chez nous, évidemment ceci et cela... Je me demande comment on réagit lorsqu'on est ouvrière et que défilent devant soi des touristes comme moi. Mon oisiveté me gêne.

« Cet après-midi, sur des chemins de pierre, nous avons poussé nos vélos, traversé des ruisseaux aux eaux claires. Transportant des paysannes sur nos porte-bagages, nous avons peiné dans cette ascension qui n'en finissait plus. Je m'étais arrêtée pour reprendre mon souffle et avais oublié ma passagère. Elle avait oublié de se lever, ou peut-être pensait-elle que nous étions toujours en mouvement, tant j'allais lentement. On entendit un bruit mou. Elle émergea d'un théier, sous les yeux ravis de ses compagnes. Des femmes, aux grands chapeaux, se courbent vers les arbrisseaux qui s'étagent sur les coteaux. Le sourire orne le visage, sauf quand

l'appareil photographique se dirige vers lui.
Alors, le chapeau doucement se baisse. On ne
distingue plus que la paille et des vêtements
penchés sur un buisson taillé. Un homme,
sous un abri de pierre, brasse les feuilles de
thé vert dans une grande cuve. Il m'invite à
m'asseoir. Il plonge les mains dans la cuve,
tourne les feuilles. Il me tend sa main, la
place sur mon poignet, elle est bouillante.
J'ai un mouvement de recul. Il sourit, m'offre
le thé. Une femme prend la bouilloire et boit
à même le bec. Une autre nous sert le thé
dans de grands verres. Les feuilles y tombent
comme des algues cuites. Nous sommes
trempés de sueur, fourbus. Nous rêvions de
boissons gazeuses fraîches, certains osaient
même songer à une bière : nous voici savourant un thé brûlant qui nous régénère. Pour
la première fois, je suis dans une maison chinoise. J'ai les yeux grands ouverts. Une
table, des femmes qui s'affairent à mettre du
thé en sac. Il y a une photo en couleur sur le
calendrier, un jeune de la ville ou un artiste,
rien d'érotique. Une horloge électrique au
mur, un ventilateur, aucune autre richesse.
C'est propre, aéré.

«Descente effrénée sur nos vélos jusqu'aux temples, au fond de la vallée; bonjour
aux sculptures, au Bouddha souriant et aux

bodhisattvas, escaliers en tous sens, dans ces flancs boisés.

« Hangzhou fut aussi pour moi la ville de la soie. J'ai observé les vers, les papillons, les cocons et le fil si doux. Les machines tournent, le bol de riz de l'ouvrier tremble à côté de la navette.

« Les machines bobinent, tissent, défilent. Le bruit est saccadé. Le travail paraît monotone, mais que les motifs sont beaux!

« Cher Philippe, je voudrais refaire le chemin plus calmement et avec toi. Je me demande souvent pourquoi père nous a envoyés ici. Est-il atteint d'une grave maladie, a-t-il décidé de nous offrir une ultime joie, se sachant condamné? Je n'ai pas voulu en parler, de peur que mes mots ne donnent vie à cette pensée sinistre. Je ne suis pas une touriste pleinement heureuse à cause de cela et à cause de Chang. Je dois être un peu masochiste pour laisser ainsi dériver mon esprit, surtout qu'ici tout appelle la joie de vivre. Je suis, en ce moment, allongée sur une chaise longue, au bord de la piscine du très luxueux hôtel Dongfang, une des perles de Guangzhou. Les Australiens raffermissent leurs muscles, de sveltes Chinois d'outre-mer sourient en nageant.

« Guangzhou, ou Canton si tu préfères, n'est pas particulièrement belle. La foule y est sympathique, chaleureuse même. Le marché est un véritable musée vivant de la Chine. On y trouve de tout, des herbes et épices qui se dilatent dans l'air torride. La pharmacopée est étalée sur les trottoirs, entassée dans des sacs, des paniers, dispersée sur des tables. On achète des cornes, des pattes, des serpents morts ou vivants, des chats maigres, perdus dans de grandes cages métalliques, les yeux suppurants, le poil rêche. Ici, des poissons, des tortues, là, de la viande sanguinolente pendue aux crochets, dans la chaleur suffocante. Les vendeurs dorment, sourient, s'étonnent de notre étonnement! Tissus, vêtements, tomates, oranges, fèves, haricots, il y a des racines, des tiges ficelées par paquets. Les hommes ont relevé leurs pantalons jusqu'aux genoux. Les jeunes vont torse nu. Des femmes épuisées sont allongées sur des étals. Les vélos se faufilent entre les paniers de courges, de concombres et de maïs.

« Au bout de la ruelle, un pont. Nous traversons un bras de rivière aux eaux jaunes. Devant nous, les quais de la Seine, leurs escaliers, leur lierre débordant des parapets! Les banians jettent de grandes taches d'ombre. L'île de Shamian languit dans la vapeur. Les immeubles franco-anglais s'écaillent au vent chaud. Le charme colonial me saisit. Aux fenêtres, les vête-ments tentent de sécher entre deux pluies. Je déambule dans cette île, voyageant dans l'histoire, attendant la jeune Anglaise et son ombrelle ou le petit Français et son cerceau. Je les imagine, hommes d'affaires et coolies, consuls et diplomates, serviteurs et jardi-niers. Subitement, je débouche sur le ving-tième siècle. Un hôtel de luxe est planté là, comme un paquebot, au bord de la Rivière des Perles. Il fait froid dans ce superbe ghetto aux immenses salons et aux jardins inté-rieurs. Je préfère retourner flâner dans mon île, petit coin d'Europe en dérive au cœur de la Chine.

« J'ai aimé la chaleur de Guangzhou et j'ai apprécié le travail de ses artistes. Com-ment peut-on sculpter dans le jade, la cin-quième, puis la sixième ou la septième boule encastrée dans la première? Magie de l'artiste, patience de la Chine, mystères de l'Asie? J'ai encore tant de choses à décou-vrir, ici et ailleurs. Dire qu'avant je ne m'in-téressais qu'à moi. Quelle sera ma réaction quand je retrouverai les couloirs de l'univer-sité, quand, penchée sur mes livres, je me demanderai quelle heure il est à Guangzhou et ce qui se passe à Beijing? Partir, revenir, maintenant tout me déchire. On quitte toujours quelqu'un que l'on aime et un quelque part que l'on aime aussi. Je crois que je viens de vieillir. Oui, je fais un voyage offert par le père riche, tandis que tu travailles pour payer tes études. Dois-je me sentir coupable de ma chance? Je regarde pour toi. Je crains que le vent du voyage ne vienne souvent me rechercher. Ce n'est pas la seule nécessité qui lance les nomades sur la route. Je suis une Kerouac de luxe, au moins je le sais! Je ne te raconte pas cela pour t'étonner – qui étonne qui de nos jours? – mais pour que nous soyons ensemble. Je te parle pour ne pas oublier trop vite mes surprises, les couleurs, les sons, les paysages et les visages, surtout celui de Chang qui me poursuit sans cesse. Que la vie est fragile! Que la liberté coûte cher!

« Je souhaite, qu'un jour, tu sentes le vent chaud, chargé des parfums d'Asie, que tu observes les gluantes grenouilles de rizières et les tortues, qui tendent la tête hors des paniers. J'ai vu une Chine, la mienne. Deux heures avant, dix minutes après, j'aurai découvert l'île de Shamian et le quartier des concessions sous un autre ciel, dans un autre état d'esprit. J'ai fixé, en moi, une île unique. Il y a des milliers de Chine, parcourues par des milliers de touristes, racontées par des milliers de personnes, dont aucune ne ment vraiment, il y a tant de Chine! Tous les voyageurs sont un peu menteurs et mes photographies mentiront encore plus. Seuls les poètes, peut-être, disent-ils la vérité.

« Aurons-nous un jour des nouvelles de Chang? Dans mes cauchemars, il roule sans cesse sur le remblai du train. J'entends les rafales d'un peloton d'exécution. Chang s'affaisse sur les barbelés de la frontière, le corps criblé de balles. Les mitraillettes crépitent dans ma tête et lui me tend les bras en hurlant.

« Qu'il me faudra d'amour après ce voyage! Pourquoi parler d'après, quand maintenant n'est pas fini! C'est bien cela le voyage, un entre-deux, comme la vie, qui n'est peut-être qu'un petit entre-deux. J'ai déjà des pensées en automne. Je commence à comprendre Kerouac, mais je ne comprends plus très bien la vie. Parfois, elle est devant moi, bien dessinée, jusqu'aux derniers cheveux blancs; parfois, elle est insaisissable, plus opaque que le fond de la rivière des Perles. De l'eau qui fuit devant soi, cela fait penser... à toi! Cela fait penser à mon père, à ma mère, à la chute de Chang. Sa voix résonne en moi, souvent au milieu de la nuit. J'entends son français aux intonations chantantes :

« Savez-vous qu'il y a ici des mi-norités, que tous les Chinois ne sont pas Chinois!... Vous venez dans notre pays en été, rares sont ceux qui le visitent en hiver. La boue, la neige, le froid, pour vous, mais encore plus pour nous, dans nos dortoirs et nos maisons. Je ne suis pas un étudiant qui se plaint. Notre pays a connu des famines, des fléaux et des guerres. Je n'oublie pas notre histoire. Vivre ici, travailler ici, souffrir ici, aimer ici, vous êtes des visiteurs et je ne vous le reproche pas, mais essayez d'en-trevoir le pays réel, derrière le canard laqué et les musiques exotiques. Il n'est pas facile à découvrir. Il se cache sous de nombreux décors. Même moi, fils de cette terre, je ne comprends pas certaines choses, comme l'occu-pation du Tibet par nos soldats, les restrictions à nos libertés, voilà pour-quoi je souffre du mal de la Chine. »

« Sa voix s'en va de plus en plus loin. Par-fois, je ne me souviens plus de son visage.

Sans cesse me viennent des images violentes de corps déchiqueté près d'une voie ferrée. Des crépitements de mitraillettes me secouent.

« Dans quelques heures j'arriverai à Guilin, ville du sud. De là, en compagnie de Régent, nous partirons pour Hong Kong, où nous retrouverons père et mère. Je confie, par prudence, cette cassette à notre guide.

« Je t'aime. Gros becs

d'Émelyne »

Troisième partie

GINA

Chapitre XV

LA VOIX DES ENFANTS

GINA prend l'hydroglisseur à Sheung Wan. C'est la première fois qu'elle quitte Hong Kong. Ces allées et venues entre l'île de Hong Kong et Kowloon lui ont donné l'impression d'une ville ouverte. Jamais elle ne s'y est sentie prisonnière.

Elle est surprise d'éprouver une vague tristesse à l'idée de quitter la cité que, de prime abord, elle n'avait pas aimée. Elle traverse le centre commercial de Shuntak sans s'attarder aux vitrines. Elle se demande ce qui la pousse vers Macao. Avant de remplir les formalités de douanes, elle serre son sac contre elle, pour sentir, à travers le cuir, le baladeur qui contient la cassette des enfants. Elle se laisse bercer par le navire qui longe l'île de Lantau. Au loin, dans la brume, entre les îlots, on aperçoit la côte chinoise.

En un peu plus d'une heure, Gina se retrouve dans une autre Asie. Penchée sur le plan de la ville, dans la touffeur, Gina parvient à se repérer. L'Avenida da Amizade se déroule devant elle. Elle monte dans l'autobus qui la conduit à travers des rues aux noms qui chantent, Avenida Do Infante D. Henrique, Avenida D. Jao IV. Elle essaie de les prononcer avec un bel accent. Assise sur un banc, face à la Baía da Praía Grande, à l'ombre des grands arbres, elle écoute la voix de ses enfants.

« Bonjour, ici Régent!

« Et ici Émelyne! Comment vas-tu? Tu ne réponds pas. Tu boudes. Nous envoyons ce reportage à ton hôtel à Hong Kong. Je te passe le monstre.

« Ô mère honorable! ton fils pourri te salue. Nous remontons, en ce moment, le Lijiang. Ce que tu entends, c'est le moteur ou Émelyne qui ronfle déjà. Hier, nous sommes allés à la pêche aux cormorans. Voilà comment ça se passe. Il y a un radeau de bambou, tu me suis?

« Abrège...

« Bon, on prend un fanal, une perche, un panier, quatre cormorans et une rivière. L'ordre est donné. Les oiseaux plongent. Ils nagent dans l'eau limpide, sous la lumière du fanal. Un fuseau glisse dans l'eau, bec en avant, la boule du corps, les pattes en arrière. On attend. Hop! Le pêcheur tend un bambou, saisit les pattes. L'oiseau met les pattes sur le bambou. Voici l'oiseau sur le radeau. L'oiseau ne peut avaler sa proie. Le cou est bagué. On renverse le tout au-dessus du panier. L'oiseau lâche le poisson. Le pêcheur lâche l'oiseau. Qu'est-ce qu'il reste? Ceci : les montagnes, l'eau, un ciel étoilé dans la nuit chaude et la lune à son premier quartier d'argent.

« Nous allons bien. Régent a survécu à une tornade venue du Texas et moi à un tourbillon d'Australiens. Nous avons eu quelques problèmes, mais nous t'en parlerons plus tard. Hier, nous avons fait du vélo dans la campagne près d'Yangshuo. Sur le bord de la route, dans la chaleur accablante, des hommes petits, musclés, cassaient des cailloux, tandis que nous nous promenions. La campagne est magnifique, comme celle que nous découvrons en ce moment depuis le bateau. Des montagnes blanches et vertes surgissent en cônes au milieu des terres rouges et des rizières. Les longues tiges de bambou s'élancent vers le ciel et se mirent dans l'eau. Nous venons de quitter la petite ville de Yangshuo, sa rue principale aux grosses dalles rectangulaires, ses balcons et ses petites boutiques. Des escaliers conduisent aux rives pierreuses. Les gens viennent se laver ou se baigner dans la Li aux eaux vives.

« Abrège Émelyne...

« Nous allons de méandre en méandre, à travers un paysage de pinacles, de cônes d'éboulis, de pains de sucre, de strates plissées, cassées, tordues, couvertes de pins et de bambous.

« T'as rien oublié? Oh! Regarde! Regarde!

« Oui, c'est beau. Un radeau, des paniers, un enfant, pantalon bleu relevé jusqu'aux genoux, les mains sur les hanches, il nous observe. Devant lui, un buffle se prélasse dans l'eau. Le bateau lutte contre les rapides. Le moteur peine. Par endroits, la roche n'est pas loin. Des canards, sur une île, lissent leurs plumes. Une femme, la palanche de bambou sur l'épaule, un buffle, un enfant, l'herbe luisante, voilà notre décor. À toi, Régent!

« Oui, en direct de la rivière Li. Vénérable mère, sous mes humbles yeux passent des bateaux pleins de passagers, debout, assis au soleil brûlant. À droite, sur la rive, à quelques mètres de nous, une vingtaine de personnes, torse nu ou maillots de corps verts, roses ou bleus, et autour d'eux des tas de bois, des paniers de pastèques. Les gens attendent le bateau qui voudra bien les mener en aval. Yangshuo, un paysage de montagnes pour peintre chinois, sous un ciel bleu ou sous la lune d'été...

« Je résume. On quitte la rivière. Et toi, Gina, où en es-tu?»

Gina arrête la cassette. Les voitures roulent sous l'ombre des banians. Les eaux de la baie se lèvent au vent du large. Gina se sent très loin de chez elle. « Chez nous », rectifie-t-elle, sans conviction. Qu'est-ce un « chez-nous»? Les enfants avaient grandi, l'amour rapetissé. Entre elle et Paul, tout s'était effiloché. Les enfants, le travail, la carrière; l'amour s'éloigne. Auprès de quel corps Paul dérivait-il parfois? Elle ne voulait pas le savoir. Elle aussi partait à la dérive. Elle rêvait. Elle s'engageait dans le bénévolat, oubliant le « chez-nous » qui était devenu, pour chacun, un « chez-eux ». Quand s'étaient-ils aimés pour la dernière fois? Question idiote, se disait-elle, en essayant de trouver son chemin à travers les rues de Macao. C'était au printemps, après une réception bien arrosée, des retrouvailles, leurs corps de nouveau si proches. Des regards flous dans la nuit, une rencontre clandestine, ils furent des autres. Ils avaient aimé quelqu'un d'autre, l'avaient caressé, s'en étaient repus, ne s'étaient pas unis.

Elle marche, songeuse. La voix de ses enfants résonne. Gina se laisse guider par une silhouette. Par jeu, autant suivre un inconnu. Personne ne l'attend. Elle n'attend personne. Même pas Paul, qui ne lui a donné aucun signe de vie. Elle n'a trouvé qu'un message à l'hôtel : « Chère Gina, je te souhaite un bon séjour à Hong Kong. Je communiquerai avec toi. Paul. »

Hong Kong, un port d'attache, pour quelques semaines, pour satisfaire les lubies de Paul, qui croyait naïvement que l'amour pouvait revenir après ce coup d'éclat. Ensuite, tout rentrerait dans l'ordre. Westmount, la routine, les écureuils, les feuilles d'automne, madame Bremenflaschen, le chalet de Bromont, les grands vents, novembre, les journées bouchées, le cercle des femmes pour préparer le Noël des pauvres. Elle fait une moue de dégoût.

Rua Dos Mercadores. Elle vient de perdre la belle silhouette aux longs cheveux noirs qui l'a inconsciemment guidée jusqu'ici. Les façades des maisons sont rongées par l'humidité. Le linge sèche sur des bambous. Les potos, les coleus, les bougainvilliers, débordent des balcons. Des oiseaux, dans de minuscules cages rondes, parlent peut-être d'elle. Les vieilles maisons, mangées par la moisissure tropicale, ont l'air d'un décor de théâtre. Des pans de crépi tombent. Les bleus, les pastels craquent, se noircissent. La mousse trace des lettres inconnues, des dessins étranges, remodèle les fresques glorieuses dans cette douce fin d'architecture coloniale.

Gina entre dans le marché. Elle a d'abord un haut-le-cœur, hésite, puis, touche le poisson, palpe les poulpes, tortille les pâtes, jongle avec les oranges, hume les épices et récolte le sourire des vendeurs. Elle sort du marché, comme si elle avait toujours été d'ici et heureuse.

Le soleil brille dans un ciel bleu. Gina est une petite fille de Macao. La ville n'est plus le tripot louche qu'elle avait imaginé. C'est un marché, un ciel, de petites rues et le cœur de Gina en joie. En montant la rue Sâo Paulo, elle admire les grandes affiches colorées et les devantures des magasins. Les vêtements, qui pendent aux balcons, ont l'air de drapeaux tendus pour la grande fête. Il y a ensuite les escaliers majestueux, usés, où l'herbe arrive à pousser et, identique à la photographie que l'on voit partout, la façade de l'église Sâo Paulo. À mi-hauteur, Gina s'assied sur le bord de l'escalier.

Le vent de Chine traverse la ville. Il descend sur elle, chaud et sensuel. Il porte les parfums de la grande terre, mêlés à l'onde marine. La façade décorée de colonnes et de statues, surmontée d'une croix, paraît gigantesque. Des touristes asiatiques se font photographier. Ils se tiennent droits et sérieux. Gina sourit. Soudainement, elle reconnaît, à l'arrière-plan, la silhouette qui l'a menée jusqu'ici. Le jeune homme est assis, en haut de l'escalier, à gauche. Il regarde vers elle. Il porte des jeans clairs, des baskets blanches, un tee-shirt rouge. Les jambes croisées, il remonte, de temps à autre, ses cheveux, que le vent rabat sans cesse sur son visage. À côté de lui, un autre jeune homme, chemise blanche, jeans bleus, les mains dans les poches, observe, lui aussi, Gina. L'ont-ils remarquée depuis longtemps? Que peuvent attendre d'elle ces garçons âgés d'environ vingt-cinq ans? Elle a un moment d'angoisse. Elle fait semblant de s'intéresser à une fillette qui court devant sa mère. Tout à coup, le vent est plus faible, l'air plus pesant. Elle risque un coup d'œil vers le haut de l'escalier. La « silhouette » est là, mais seule. Le tee-shirt moule de belles épaules. Les bras cuivrés sont croisés. Les longues jambes dessinent une courbe lascive. Gina sent un frisson. Elle soupire. Ses lèvres libèrent un imperceptible baiser. Elle s'en veut. Elle prend son air sévère. Son esprit oscille entre la plus stricte chasteté, alors elle se raidit, contrôle ses muscles, et le relâchement le plus absolu, et là, elle plonge dans un tendre érotisme que le doux vent humide ne fait qu'amplifier. Si au moins la silhouette s'en allait, si, en levant les yeux, il n'y avait subitement plus personne? Non, le corps de bleu et de rouge, les longs cheveux, guettent, là-haut.

Ne pas bouger. Attendre que quelque chose se produise et qu'elle n'aura pas décidé. Ne prendre aucune responsabilité. Rester entre le rêve et la réalité. Éviter tout cataclysme. Penser à la famille, à la voix des enfants, à Paul, à Westmount. Surtout ne pas bouger. Elle serre les poings pour se convaincre de sa fermeté. Aussitôt après, ses yeux se posent, encore une fois, sur le jeune homme, piège fabuleux, fête charnelle, cadeau.

La façade immuable, aux vitraux de ciel et de vent, ne donne aucune réponse à ses questions. Vais-je y aller ou pas? Il va partir? Je vais partir? D'ici, la vie peut prendre un autre cours. Ici, peut s'arrêter la monotonie des jours, mais aussi s'enfuir la paix grise.

Pour quel horizon? Pourquoi? Pour calmer mon corps? Pour puiser quoi en lui, là-haut? S'il était en bas, il aurait moins l'air inaccessible. Je le dominerais. Mais descendre à sa rencontre serait aussi tomber, fauter, aller se souiller, laisser parler le bas de nos corps. Il est là-haut, vers l'esprit, le beau, le pur. Devant l'église, il s'auréole d'éternité. Il vient des anges. Moi, en bas, j'ai l'air d'une vieille bonne femme, pense-t-elle, une mère de deux enfants, en plus, mon maquillage fout le camp dans cet air moite. Je suis comme les maisons de Macao, lourde du passé.

C'est la faute de Paul après tout! Il a quel âge, lui là-haut? Qu'est-ce qu'il me veut?

Elle gravit l'escalier qui mène à l'église. Elle ne regarde pas la silhouette rouge. Elle fait semblant de rire du babil d'un bambin dans les bras de sa mère. Mais, dès qu'elle atteint le parvis, son cœur est près d'exploser. Elle sait qu'il est là. Il l'observe. Elle franchit le porche de l'église et découvre, à l'horizon, la Chine et ses collines, les maisons, les bras de mer. Il n'y a pas de nefs ni de bas-côtés, rien que des dalles, des pierres en arrière d'une façade et la vue sur un autre monde.

Gina est troublée par cette église ouverte sur le ciel et l'infini. Elle tremble devant l'au-

tre infini qu'elle sent venir vers elle. Elle se
cabre. Sa vie peut basculer.

Le Mauvais te traque. Les mots dansent
dans ta tête, Gina. Ton cœur éclate. Ton
corps s'offre à lui, qui t'attend, que tu
attends depuis longtemps. Il y a Brel qui
chante en toi « *pour un peu d'amour, pour un
peu de tendresse...* » Ça colle à la peau, les
chansons, surtout dans le vent chaud de
Macao. « *Pour une heure, une heure seulement, être belle...* » Non! Faut pas. C'est trop
beau. Ça peut brûler, faire très mal. Le
corps de Paul, couché près d'une autre et
toi qui te morfonds dans ton « chez-nous »
vide. Ici, c'est Macao. Le vent est libre. Vois
comme il caresse ta peau bronzée. Ton bassin, vois comme il tangue. Ta poitrine, vois
comme elle vibre. Tes jambes, elles se serrent sur quoi, Gina? Tu veux savoir s'il te
suit, est-il là?

Gina ne se retourne pas. Elle prend sur
la droite, vers la Fortaleza do Monte. Elle
longe les murs de la citadelle, se penche
pour admirer le panorama de Praïa Grande,
le port intérieur et, au loin, la rivière des
Perles. Elle se concentre sur les détails du
paysage. Elle essaie de contrôler ses idées.
Une grande porte et, en face d'elle, sous un
arc de pierre, une statue de la Vierge au

milieu de fleurs jaunes. Un chien couleur paille, des chaises, des tables, une buvette, le vent peint des ombres sur les dalles.

Ça y est! Le pire est passé. La tempête s'est calmée. À droite, un escalier, Gina est redevenue Gina de Westmount, la vie tranquille, les problèmes habituels, à bas les cataclysmes et l'amour qui fait si mal! Brel est loin. Il est mort. Les fous d'amour s'accrochent à lui, pas Gina qui a retrouvé le chemin de ses vieilles pensées. La silhouette, le tee-shirt rouge, les jeans, tout cela ne fut qu'un frisson beau et douloureux, une impulsion, un homme sans nom, un souffle de vent qui a failli la faire basculer.

Gina marche vers la maison coloniale, au milieu de la forteresse, un palais, un jardin, des murs pastel, des volets gris. Des cartes météorologiques sont affichées à l'entrée. On signale qu'un typhon vient d'éviter de justesse Macao et Hong Kong. Elle sourit. Elle aussi fut menacée.

Elle sort. Quelques canons, la ville à ses pieds, entourée d'eau, et là-bas, les montagnes de Chine. Elle s'assied et écoute la voix de ses enfants, mais son cœur se tient aux aguets, comme si le typhon n'avait pas fini sa ronde dévastatrice.

Chapitre XVI

LE JARDIN TROPICAL

« REBONJOUR, chère mère. Nous continuons le récit de nos exploits – à part Régent qui croit parler chinois, le soleil est fort ici – tout va bien.

« Je confirme. Tout va bien, sauf qu'hier, après avoir débarqué de notre bateau, nous nous sommes entassés à onze dans un tricycle pour quatre. Les roues voulaient quitter le tricycle pour rejoindre, loin en contrebas, les rizières. Tout a tenu.

« Sur la route principale, nous nous sommes comprimés dans un minibus plein au maximum. J'avais une roue dans une fesse et une barre sur le front. En Chine, les corps sont plastiques et gonflables.

« Nous avons atteint Guilin, la plus belle ville de Chine, dit-on. Il y a un rocher percé qui représente un éléphant. Je n'ai pas bien distingué l'éléphant. Quant au trou...

« Ton fils ne s'améliore pas. Guilin reste pour moi la cité aux eaux claires, aux magnifiques montagnes. Tu entends, en fond sonore, le chant des aveugles. Ils sont assis devant nous, hommes, femmes et enfants. Ils s'accompagnent de quelques instruments. Un enfant surveille l'aumône jetée dans leur boîte. Plus loin, des hommes poussent des charrettes. Des adolescents courent sous la charge de légumes qui fait ployer les bâtons de bambou entre leurs épaules. Des gens cuisinent, mangent, jouent, lavent leurs ustensiles au robinet du trottoir. Certains cuisent la viande au chalumeau, d'autres coupent la chair rouge sur de petites tables en chassant les mouches. Nous sortons de la ville. Des hommes, le chapeau de paille sur la tête, les pieds dans la boue, guident les buffles dans les labours. Plus loin, des paysans coupent le riz et, sur la terre sèche, installent de petites batteuses. Les fillettes sourient en pédalant. La paille tombe en filets d'or. Le riz lance au ciel ses carrés de vert tendre et d'épis mûrs. Voilà mes dernières images de Chine, celles du sourire timide des jeunes paysannes au temps de la moisson.

« Je conclus, honorable mère. Je suis le petit galopin issu de ton corps, le petit galopin de la famille, qui se demande pourquoi vous l'avez envoyé si loin, en compagnie de sa sœurette esseulée. Pourquoi avez-vous fait cela? Changement d'idée, nous menons une vie très chaste, *safe sex* absolu. Je redeviens puceau, je pense... Je t'embrasse ô mère lointaine!

« Moi itou. Gros becs, Gina! »

Gina replace l'appareil dans son sac. Dans sa tête résonne le rire de ses enfants. « *Safe sex, safe sex* » chantaient-ils. Elle descend les marches de la Fortaleza do Monte, en admirant le paysage qui s'étend sous ses yeux. La façade de l'église Sâo Paulo surgit de nouveau en contrebas. Son cœur bat plus vite. Pourvu qu'il soit encore là. Pourvu qu'il soit parti. Elle ne sait plus.

Se laisser aimer, caresser, est-ce interdit? Et puis non, rester dans ses habitudes, ne rien vivre, juste la routine, le fade tranquille, plutôt que le typhon. Pourvu que... là? Pas là? Il est là. Elle frissonne dans cet air pourtant chaud. Elle le voit, de rouge et de bleu vêtu, ses cheveux noirs et longs, ses bras qui pourraient l'enlacer. Elle n'est plus qu'une herbe prête à se plier et qui, soudain, se durcit. Dans sa tête, le rire des enfants, Régent lui répète sans cesse : « *Safe sex, safe sex!* »

Ils ne sont plus qu'à dix mètres l'un de l'autre. Leurs yeux se soudent. Gina avance d'un pas hésitant. Son corps doit paraître désarticulé. Lui a le beau rôle, assis là, attendant la proie qui vient fondre dans ses bras. Tout à coup, il se lève. Il lui sourit. Est-ce cela le coup de foudre, cette histoire de roman-photo, cet éclair qui transperce, glace et brûle?

Il fait demi-tour. D'une démarche souple, il s'en va à travers les petites rues. Rua de Tomas Viera. Il fait chaud. Gina suit, encore une fois, la tache rouge. Jamais le jeune homme ne se retourne. «Ma parole! je drague! non! c'est lui! Dans quel bouge me conduit-il?» Dans sa tête défilent des scènes de films, tripots et affaires louches.

Il entre dans un jardin. Sur un écriteau : « Jardim Luis de Camões ». Il passe près d'un rond de fleurs qui entoure la hampe d'un drapeau. Il tourne en haut d'un escalier, à gauche. Il prend une allée sous les palmiers. Gina s'assied sur un banc. Elle a aperçu le profil, un beau mélange eurasien, des yeux brillants, un visage doux. Un homme s'assied à l'autre bout du banc. C'est un vieux Chinois

à barbiche, short gris et chemise blanche,
petites lunettes, grand parapluie noir. Il con-
temple les fleurs. Il sourit aux enfants. Gina
aimerait rester dans ce calme, dans cet entre-
deux, libre, maîtresse d'elle-même, ni Yin ni
Yang, au point charnière où tout est possible,
même la paix. Les arbres dessinent des
ombres sur le sol. Les fleurs se balancent.

Là-haut, dans le fond du jardin, il y a la
grotte de Camôes où est gravé un poème. Elle
ne veut pas s'y rendre. Elle est sûre que c'est
là qu'il l'attend. Elle sera devant la grotte
sombre. Elle lira le poème. Il viendra par le
petit chemin. Elle sentira ses yeux se poser
sur sa nuque. Il sera tout près d'elle, à ses
côtés. Elle laissera glisser sa tête contre son
épaule. Après, tout chavire. Gina soupire. Le
vieux Chinois la salue et reprend sa marche.
Gina quitte le jardin et ses amours. Tant pis!
C'est mieux ainsi. « Je parle seule, je visite
seule, je mange, je dors seule! » Elle s'arrête.
Elle va revenir, aller à la grotte du poète, enfin
vivre! Ce jeu du oui et du non l'épuise, et
qu'elle est agaçante la voix de Régent qui iro-
nise en répétant : *«Safe sex, safe sex!»* Le
plaisir, pense-t-elle, est à portée de corps. Nul
n'a le droit de la juger. À qui ferait-elle du mal
à se faire du bien? Les idées jonglent dans sa
tête, tandis que ses pas la conduisent à une
maison blanche aux volets bleus.

Elle gravit l'escalier éblouissant de soleil. Elle visite le « Museu Luis de Camões », mais son regard oublie les porcelaines et les peintures, il fuit vers le jardin tout proche. Il y a un puits au milieu d'une petite cour intérieure. Elle s'attarde. Elle entend les pas d'un visiteur. Le plancher grince. Elle s'arrête devant une gravure du Macao de jadis. Cette fois, les pas sont juste derrière elle. Le choc va se produire. Elle est prête à tout, advienne que pourra. C'est lui qui l'a rejointe, pas elle.

Les dieux en ont décidé ainsi. Elle ne s'est pas dirigée vers la grotte du poète. La passion est venue la chercher, ici, dans le calme d'une vieille maison coloniale. Elle capte le souffle de son séducteur, un mélange d'ail et de sauce soja.

Gina fronce les yeux et relève ses narines troublées. Les pas s'éloignent. Le plancher craque. L'air chaud se déplace. Une gardienne, ce n'était qu'une gardienne. Gina soupire en lui jetant un regard dur. Elle soupire de joie aussi. Le jeune homme n'exhalerait sûrement pas cela. Non, il doit se parfumer avec Dior ou Sung; son haleine doit porter des ondes de menthe fraîche.

À droite du musée, une porte blanche d'où vient le chant de nombreux oiseaux.

Gina entre dans le jardin où sont alignées les vieilles tombes du cimetière protestant. Elle marche lentement entre les stèles. Elle lit les épitaphes. Quelques mots évoquent l'histoire de ces hommes. Gina remonte dans le temps, erre dans le Macao des marins, des capitaines, des simples citoyens venus d'Europe, du Japon, des États-Unis. Ils reposent dans la terre de Macao, face à la grande Chine qu'ils ont parcourue, côtoyée. Les oiseaux se donnent la réplique, âmes des disparus, légères, éternelles. Macao! Macao! Le nom dansait dans leur tête d'aventuriers, de marchands, de soldats, de prêtres, venus chercher quoi? apporter quoi? et pas repartis. Étaient-ils chez eux? Se sentaient-ils chez eux? Visiter un cimetière en vacances, quelle idée! La chapelle respire le propre, les livres. On se croirait en Estrie, dans les vieilles églises protestantes qui marient les odeurs de cire à celles des prairies verdoyantes. Gina sort, imprégnée de la paix des lieux. Elle fixe, une dernière fois, la chapelle blanche, la cinquantaine de tombes et, comme pour faire descendre la bénédiction sur elle, se signe.

Le soleil est haut. Quelques nuages blancs bourgeonnent. Gina aime Macao et Macao l'aime. La preuve! Il est là! En face d'elle. Il ne sourit plus comme tout à l'heure, près de l'église.

— Lourenço, dit-il en tendant la main, les yeux tristes.

— Gina.

Leurs mains se touchent. Elles restent unies. Ils s'en vont au jardin Luis-de-Camôes, là-bas, vers la grotte du poète, sans dire un mot. Ils ne voient plus personne. Sur un banc, ils se tiennent l'un près de l'autre. Gina ne pense plus. Elle est jonque voguant sans cap, au gré des flots, des vents. Lourenço laisse aller sa tête en arrière, relâche son corps. Gina observe le félin qui s'étire à côté d'elle. Il est d'Asie et d'Europe, mystérieusement beau. Quel âge? Entre vingt-cinq et trente ans. Pourquoi est-il attiré par elle? Gina se redresse. L'argent : il va la plumer. Un gigolo professionnel? Il joue si bien. Il est tellement séduisant. Son joueur de tennis de Westmount vient de se faire détrôner, et comment!

— Vous aimez?

Lui? Le jardin? Macao? La journée? A-t-il voulu dire : « Vous m'aimez?»

— Oui et vous?

— Oui.

Long silence, yeux obliques et doux. Il lui prit le poignet, lui dit, dans un français chantant :

— Alors, allons-y.

Ils se promenèrent main dans la main. Il lui montra sa ville. Il y était né et ne l'avait jamais quittée. Gina eut envie de poser la tête sur son épaule, de lui demander de s'arrêter, de rester là. Ils descendirent la rua do Tarrafeiro et se rendirent jusqu'à la rua das Lorchas. La circulation devint plus dense, mais rien de comparable avec la frénésie de Hong Kong. On était ici un peu hors du temps, comme dans un film ancien avec quelques anachronismes. Des autobus stationnaient devant le Casino Flutuante, Macau Palace.

— Tu joues?

— Je ne peux pas, je travaille pour le gouvernement.

— Interdit?

— Sauf pendant les trois jours du Nouvel An lunaire.

— Et alors tu joues?

— Non. J'ai vu trop de gens perdre. Ici, l'argent brûle plus que le soleil.

Des jonques ventrues se bercent dans le port intérieur. De petites barques font la navette entre elles et les quais. Des bâches claires, tendues entre les mâts, donnent de l'ombre à quelques pêcheurs. Ils s'activent, pantalons relevés et torse nu, tandis que des femmes nettoient des ustensiles de cuisine.

Au loin, les collines sombres dégagent des pans successifs qui se reflètent dans l'eau brune. Ils s'engagent dans la rua do Almirante Sergio. Elle a perdu le contact de sa main chaude. Ils arrivent à la pointe sud de la corniche, à la Fortaleza da Barra, Pousada de Sâo Tiago. Ils visitent la chapelle, restent silencieux devant la statue de Saint-Jacques et dérivent vers l'hôtel luxueux.

— Que Sâo Tiago nous protège comme il protège ma ville.

— Superstitieux?

— Peut-être.

Les murs blancs de l'hôtel, le puits-citerne, le jardin, le vin portugais, frais dans sa gorge, Gina ne pense qu'au présent. Ils entrent dans le petit appartement de Lourenço. La tête de Gina tourne. Macao, cette Europe de l'Asie, Hong Kong, New York, Macao, Lisbonne, Porto, le vin dans ses veines, le corps de Lourenço... Il tire les rideaux d'osier, s'approche d'elle, dessine de ses doigts le tour de ses lèvres, prend entre ses mains le visage offert. Leurs langues folles se cherchent. Le vent monte de Praia Grande, portant des souffles de mer tropicale. Des oiseaux piaillent sur un balcon. Une porte claque dans l'appartement d'à côté, tandis qu'une télévision débite un discours incompréhensible. Couchés sur un matelas posé à même le sol, Gina et Lourenço oublient qui ils sont, d'où ils viennent. Il enlève son tee-shirt rouge. Son torse apparaît encore plus cuivré. Ses jeans glissent sur ses cuisses d'ambre. Sa jeunesse éclate dans la pénombre complice. Gina se déshabille timidement. Lourenço s'amuse à l'aider.

Il y eut le vent, les rideaux qui se lèvent. Il y eut les peaux humides, tendues, relâchées, frissonnantes. Il y eut les étreintes douces, violentes, douces encore. Les rêves se posent. Les idées chavirent, se bousculent, grands vides, espaces immenses, paroxysmes. Il y eut des souffles courts, haletants, d'autres en maigres sifflets, des sommeils et des réveils, d'autres étreintes encore, d'autres communions, des odeurs fortes de création, des senteurs d'amour, des quêtes infinies, des reconnaissances, des appels, des corps qui ne sont plus qu'un, pour l'infini d'une nuit d'été, et ce fut le matin.

Lourenço dort, nu, le drap entre les jambes. Le jour filtre à travers les rideaux d'osier. Au-delà, le balcon, des plantes vertes; en bas, la rue, en face, d'autres balcons, des vêtements qui sèchent. La vie qui continue. En arrière d'elle, l'homme étendu, beau comme sur une photographie de magazine et la chaleur sensuelle de la ville. Lourenço de Macao, le tee-shirt rouge, les jeans, il y a quelques heures, près de la façade de Sâo Paulo, la courbe de son corps appelait Gina et, maintenant, là, nu devant elle, le même homme aux yeux d'amande, aux cheveux noirs tombant sur la nuque, comme une vague douce. Elle s'allonge près de lui. Il s'écarte, pose sa main sur elle.

Ses enfants sont autour d'elle. Les poings levés, ils crient. Au début, elle distingue mal leurs propos. Ils articulent, chacun à leur tour, les mêmes mots, au ralenti, puis de plus en plus rapidement: « *Safe sex! Safe sex!* »

— Mon Dieu! s'écrie Gina assise sur le lit.

Lourenço baragouine quelque chose en chinois et sourit à Gina. Elle ne comprend rien, mais lui renvoie un grand sourire. Elle se rendort.

Habillé d'un kimono, Lourenço prépara du thé. Gina sortit de la douche en s'essuyant les cheveux. Un bâton de santal répandait son parfum dans la chaleur matinale. Gina ramassa le tee-shirt rouge.

— Celui-là, je le prends.

— Non!

— Comment non?

— Je te le donne.

Le petit baiser de remerciement se prolongea dans un échange langoureux que la bouilloire excitée ne put tolérer plus longtemps. Les cloches des églises dialoguaient entre les différents quartiers. Aux portes de la Chine, elles envoyaient, depuis des siècles, des messages que les temples et les pagodes traduisaient et faisaient voyager en d'autres lieux. « J'ai succombé à la tentation, *safe sex, safe sex*». Des phrases se heurtaient dans la tête de Gina, tandis que la vapeur du thé montait au-dessus de ses joues. Les yeux de Lourenço étaient, comme toujours, rieurs et mystérieux. Derrière la petite tasse bleue et blanche, il l'observait. Elle portait son tee-shirt, ses seins pointaient sous le coton rouge. Leurs jambes se croisèrent sous la table.

Rues calmes, quelques touristes venus de Hong Kong, quelques marchands, des bicyclettes, dimanche à Macao. Ils prennent l'autobus pour Coloane.

Le pont de Taipa grimpe et descend en guirlande au-dessus des eaux. La rivière des Perles et la mer se marient en vagues vertes et brunes. Ils n'ont d'yeux que pour eux. Un amour vient de naître. Ils le vivent sans penser à demain.

Aujourd'hui est infini.

Chapitre XVII

AU LARGE DE COLOANE

LES vagues se brisent sur le sable. Ce ciel d'Asie ressemble à celui de Montréal au fort de l'été. Gina se voit dans le couloir sombre de sa maison. Ça sent la cire, le cuir, les livres. Elle entre, pose sa valise, observe la lumière tamisée, le tapis moelleux, les chiens maigrelets, la table de la salle à manger. Les objets, les lignes des murs, des meubles, tout se penche vers elle en disant : « Raconte ». Elle traverse les vastes pièces. Elle n'est plus chez elle. Il n'y a plus de « chez-nous ». Elle a elle. Elle, enfin! Une vie vécue pour Paul, pour les enfants, l'amour qui s'en va au gré du temps. Elle, retenue dans la maison. Elle, s'emprisonnant avec des « il faut » s'occuper de la rentrée des enfants, des études, de leurs affaires, des écoles et d'autres « il faut », pour les personnes âgées, les pauvres, des « il faut » partout.

Gina avance dans la mer chaude. Elle épouse les flots de l'Asie. Elle boit les vacances de son cœur et de son corps. « Il faut, il faut », scande son cerveau, ironique. Elle a de l'eau jusqu'aux épaules. Elle retire son maillot de bain. Ses seins se libèrent. Ses cuisses glissent dans les ondes marines. Il n'y a plus de « il faut ». Lourenço s'approche, attrape le maillot de Gina, enlève le sien. Ils jouent dans l'eau. Par éclairs, Gina s'imagine dans le couloir de Westmount, la valise au bras. Elle est toute de noir vêtue, les cheveux défaits, les traits tirés. Elle se raccroche à Lourenço. Elle pleure. Elle se retourne violemment et nage vers le large. Lourenço la regarde s'éloigner. Bientôt, elle reviendra, souriante, et lui dira : « Je t'ai fait peur, hein ? ».

— Gina ! Gina !

Elle continue.

— Gina ! attention, il peut y avoir des requins !

Gina fuit son passé, son présent trop beau, son avenir. Elle s'en va au large de la vie, dans des courants de plus en plus froids et menaçants. Dans le clapotis des vagues, elle n'entend pas les cris de Lourenço et de tous ceux qui ont prétendu l'aimer. L'écume la gifle. Lourenço se lance à la poursuite de Gina, mais il est loin, à des continents d'elle. Il est fils de l'Europe et de l'Asie, fils des tropiques, elle, fille de l'Amérique, fille des neiges et du vent du nord, tout les sépare. Il nage comme un fou, épuisant son corps à la quête de cette femme, qui, plus elle s'éloigne, plus elle devient sienne. Si elle meurt, lui aussi mourra. L'eau ne pourra les désunir.

La mer est aveuglante sous le soleil. Au loin, il n'y a que des vagues, plus de bras qui remontent en cadence. Rien que la mer et lui, tenant un maillot de bain encore imprégné des parfums de la femme aimée. Une ombre passe sur le soleil immense, une silhouette noire et raide, la même ombre qui a voilé sa vue lorsque son père est parti pour le Portugal. Il y a quinze ans de cela, sur cette mer qui lui vole maintenant l'amour. Il est gamin. Il pleure au bout du quai, devant l'eau par où tout vient, par où tout disparaît. Il serre contre lui le maillot de bain et se laisse couler.

Les bulles glissent le long de son corps, s'accrochent à ses cheveux, puis volent vers la surface. Lourenço comprime l'air en lui. Ses tempes bourdonnent. Il a le choix, ouvrir la bouche, descendre jusqu'au fond, pour un jour échouer sur la plage, boursouflé, à moitié dévoré par les requins, ou remonter vers le plafond de l'océan qui brille si près. Respirer. Avaler et avaler encore de ce vent qui est la vie! Il se bat contre qui, contre quoi, pourquoi? Les questions tournent. Ses oreilles tambourinent douloureusement. Il perçoit un bruit lointain, faible, mais régulier. Un bruit de moteur! Un bateau vient de la plage. Lourenço donne des coups de jambes et refait surface. Il se soûle d'air, sourit à la vie qui entre dans ses poumons. Un zodiac fend les vagues. Lourenço agite les bras, sauvé, il est sauvé! Le bateau passe à quelques mètres de lui, sans qu'aucun des occupants ne le remarque. Il crie en vain.

Maintenant, il l'aperçoit. Elle est allongée en arrière du zodiac, les cheveux soulevés par la vitesse, la tête pendante. Deux hommes la soutiennent. Est-elle encore vivante?

Ils accostent près du centre nautique. Des hommes portent le corps. Lourenço distingue mal les silhouettes sur la plage. Il croise des baigneurs qui ne le regardent même pas, eux aussi vont vers le large. Il a enfin pied. Il reprend son souffle. Tout semble calme sur la plage, sauf sur la droite, à côté du ponton, où des gens sont debout, devant un corps enveloppé dans une couverture. Certains sont accroupis près d'elle. Lourenço essaie de courir. L'eau tire sur ses jambes. Le

sable happe ses pieds. Là-bas, un corps immobile, entre eux, la distance, le temps, tous
les possibles. Lourenço se souvient de son
père, le dernier geste qu'il fit en le quittant, le
geste qu'il faisait lorsque la vie le dépassait.
Lourenço fait le signe de la croix et il court
vers elle.

Plus il approche, plus ses craintes se
confirment. Des gens reviennent l'air triste.
Des enfants observent entre les jambes des
grands. Des sauveteurs écartent le groupe.
Un jeune marche en souriant. Pourquoi
sourit-il? Parce qu'il est en vie lui, qu'il est
content d'avoir frôlé la mort, ou parce qu'elle
est en vie? Lourenço fonce parmi les curieux.
Il reçoit des coups de coude. Les reproches
fusent. Il ne voit que ses pieds et ses jambes
blanches sur le sable brun, puis la couverture militaire, les bras mous, le cou dilaté,
les ombres des gens sur elle, son visage
penché sur la gauche. Il s'accroupit. Il est
aussitôt arraché au corps de Gina par de
solides mains. On le retient, debout devant
elle, lui, dont toutes les forces se tendent
pour la rejoindre. Il crie : « Gina! »

Chapitre XVIII

LE VENT DE PRAIA GRANDE

L E visage se tourne vers lui. Les yeux clignotent devant la lumière. Dimanche après-midi, retour de Coloane, traversée de l'île de Taipa, Macao droit devant. La tête de Gina est sur l'épaule de Lourenço. Le taxi grimpe sur le tablier du pont. À l'horizon, la ville blanche, un clocher, des arbres; au loin, les montagnes de la Chine. Il fait presque froid dans le taxi climatisé. Gina baisse la vitre, l'air humide s'engouffre. En bas, les eaux salées.

— Mon père a quitté Macao quand j'avais douze ans. Il est parti au Portugal. Il a écrit deux fois de là-bas, puis plus rien. J'ai perdu mon héros. La vie est devenue dure pour nous. Ma mère m'a élevé, comme elle a pu. J'ai travaillé très jeune. La famille de ma mère nous a aidés, celle de mon père, nous ne l'avons jamais connue. Était-elle au Portugal, avait-il de la famille ici? Je ne l'ai jamais su. Maintenant, je suis un modeste fonctionnaire du gouvernement local. Ma mère a rejoint une cousine à Hong Kong où elle travaille dans un atelier de confection.

Le vent souffle sur Praia Grande. Le chauffeur a enfin arrêté la climatisation. De temps à autre, il lorgne les deux passagers si sérieux.

— Moi, c'est la famille unie, le père employé de bureau à Montréal, la mère à la maison, la famille nombreuse, l'école chez les sœurs, les vacances à la campagne, l'hiver en ville. L'adolescence et les petites aventures amoureuses, l'université, où nous n'étions pas nombreuses à l'époque, le mariage, les enfants, l'ascension sociale. L'amour qui s'effiloche, puis la cohabitation sans amour, le voyage ici, une folie de Paul, une étrange idée. Ensuite, il y a toi. Il y a la mer, les courants qui m'entraînent au large de ma vie, moi qui nage pour laisser tout en arrière, partir, comme ton père, vers un quelconque chez-soi. J'ai nagé, épuisée, jusqu'au seuil de la conscience, pas pour perdre la vie, plutôt parce que je l'aimais trop et qu'elle m'aimait trop mal. Je n'ai pas voulu mourir. J'ai fui.

Lourenço lui prend la main. Elle ajoute :

— J'ai trop souffert d'amour. Je souffre.

Elle regarde les eaux de la rivière des Perles. Elle pleure.

Tout à l'heure, elle essayait de revenir vers la côte, agitant les bras, espérant qu'on la verrait. Elle se laissa ensuite porter par les vagues, cherchant seulement à respirer, sentant sous ses pieds un appel puissant et dans sa bouche un goût nouveau, celui de vivre, de faire entrer de l'air partout en elle. Elle nageait en rond, bousculée par les vagues qui se moquaient d'elle. Au milieu des eaux écumantes, elle apercevait parfois la ville, les bateaux. Elle rêvait d'être assise là-bas, n'importe où sur la côte, pour reposer ses muscles qui n'en pouvaient plus. Chaque mouvement pour se maintenir hors de l'eau était harassant. Jamais elle ne pourrait rejoindre la plage. Les idées, les visages affluaient à son esprit. Les souvenirs s'imprimaient violemment en elle, comme les gifles de la mer qui éclaboussaient son visage ou frappaient sa nuque.

Il y eut le bruit d'un bateau, un bateau noir qui claquait sur les flots. Elle fit de grands gestes. Le bateau partit sans la remarquer. Après, elle ne savait plus.

Elle quitta Macao le lendemain matin. Assise dans l'hydroglisseur, elle volait sur la mer où elle avait failli perdre la vie. Elle ferma les yeux pour retrouver le visage de

Lourenço. Il y a quelques minutes, ils étaient encore ensemble dans l'autobus. La main de Lourenço était chaude dans la sienne. Le cuivre de sa peau couvrait les doigts roses et fragiles de Gina. Ils venaient de passer devant le grand Casino Lisboa. Lourenço l'avait serrée une dernière fois sur l'Avenida da Amizade. Ils avaient agité leurs mains dans l'au revoir. Chacun était parti de son côté. Ensemble ils s'étaient retournés, avaient couru l'un vers l'autre.

L'hydroglisseur sortait du port extérieur. Elle ferma les yeux, tandis que l'on entendait le *pchuit pchuit* des limonades des touristes.

Elle se souvint de la douceur du thé qu'ils avaient bu, tard dans la nuit, sur le balcon de Lourenço. Ils avaient regardé la Chine. Des jonques dansaient dans le port intérieur. Macao! Pourtant, la plupart des touristes ne consacrait qu'une journée à la ville, entre Hong Kong et Bangkok.

« Nous étions jeudi, chéri, donc c'était Bangkok. »

Les mêmes qui, plus tard, se vanteront d'avoir « fait » l'Asie. Elle ne connaissait ni l'Asie ni Macao, un peu Lourenço, et bien mal cette femme nommée Gina. Elle se sentait petite au milieu des touristes et, à la différence d'eux, elle se disait qu'elle avait tout son temps pour atteindre Hong Kong et encore plus pour rejoindre Westmount. Des noms, des lieux dansaient dans sa tête, qu'elle n'oublierait jamais. Lourenço! plus qu'un amour d'été, un amour pour toutes les saisons. Paul avait-il voulu un été d'amour qui les réconcilierait? Maintenant, il y avait un amour d'Asie entre eux. Paul, Lourenço, deux hommes dans son cœur. Dans son esprit, des dialogues sans fin se tissaient entre eux. Un homme avec deux femmes, on lui trouve des excuses; une femme avec deux hommes, inadmissible. Pourquoi? Qu'est-ce que veut dire avec? Vivre avec? Aimer? Aimer pour la vie? Toute la vie? Les enfants, Westmount... Le navire était chahuté par les vagues du grand large. Gina ouvrit les yeux. Des paquets d'eau giclaient sur les vitres et laissaient distinguer, après chaque assaut, la côte chinoise, les îles et les îlots que l'histoire n'avait pas daigné élever au rang de villes.

Ils longèrent la péninsule de Kowloon. Gina reconnut les gratte-ciel. Elle eut l'impression d'arriver chez elle. Le bateau prit la direction de l'île de Hong Kong et accosta près du quartier de Sheung Wan.

Hong Kong, bruyante, mouvante, l'accueillait. Elle retrouva la foule bigarrée, les commerçants affairés, les enseignes de Nathan Road. Les touristes encombraient le hall des hôtels avec leurs sacs bourrés de montres, d'appareils photographiques, de soieries, de bibelots de jade, de potiches, d'assiettes, de tuniques, de parfums, de colliers, de statuettes, de tapis, de cassettes et de projets d'achats. Elle s'étonna que rien n'eût changé dans le hall de l'hôtel Imperial, tant il lui semblait qu'elle était partie depuis longtemps. Sa valise l'attendait dans le couloir, sous un filet. Il y avait un incessant va-et-vient. L'hôtel affichait complet. Il ne restait qu'une chambrette sans fenêtre, située entre l'ascenseur et le débarras.

— Une minute, madame, il y a du courrier pour vous!

En retournant l'enveloppe, ses mains tremblèrent.

Chapitre XIX

ELLE VEUT REVOIR LA MER

ELLE entra dans la chambre exiguë : deux lits, une télévision, une salle de bains, mais pas de fenêtre, même pas l'illusion d'une ouverture, pas d'affiche ou de rideaux sur un mur, rien. Elle alluma la télévision, par là, elle vit enfin le monde. La lettre venait de Bali. « Coupable ! Coupable d'amour ! », criait déjà Paul dans sa tête.

Elle prit une douche. Les cheveux mouillés, elle s'assit sur le lit. La télévision présentait de jeunes chanteurs asiatiques dans des rocks déchaînés.

Elle éteignit le poste et, comme frappée d'une grande lassitude, ouvrit la lettre.

« Bonjour Gina !

« Tu te demandes peut-être encore pourquoi tu es à Hong Kong, moi ailleurs et les enfants sur d'autres routes. Vous auriez pu refuser de me suivre, mais vous avez fait le voyage. Pourquoi? Goût de l'exotisme, par amour, pour chasser l'ennui? Au point où nous en étions, toi et moi, tu as compris qu'il n'y avait plus rien à perdre dans ce *nous* craquelé. Serons-nous plus heureux après ces voyages? Je veux vérifier si de notre amour il reste encore quelque chose. La vie ne m'a rien donné. Je suis allé tout chercher. J'ai réussi. J'ai été un yuppie triomphant. J'ai tiré, au fond de moi, l'énergie pour grimper, plus haut, plus haut que Westmount! Je ne pouvais perdre mon temps. Chaque geste devait porter fruit. Je ne me suis pas accordé de repos. La vie devait être menée tambour battant. J'étais un conquérant, un vainqueur! Il y avait dans ma tête des étapes, des programmes, des défis, des buts, des courbes ascendantes. J'ai eu l'esprit clair, les mots justes, l'action rapide, le corps toujours en tension. Je me suis cru champion.

«Je suis parti, j'ai vu. Maintenant, *parlez-moi d'amour,* comme dans la chanson. Je suis en jachère. Je ne veux plus revenir au même point, celui où ma réussite fait échouer ma vie. Je veux visiter le monde avec toi, Gina. Je veux te connaître. J'ai eu peur de me retrouver dans notre solitude, la grande maison, les pluies d'automne, à parler de lieux, de gens qui vous sont étrangers. J'ai eu peur d'être un étranger chez nous. Je ne mendie pas l'amour. Je me demande si nous pouvons le faire revivre. Est-il trop tard? Un *nous* est-il encore possible? Où en sommes-nous Gina?

« Porte-toi bien.

Paul»

Paul n'a pas écrit « Gros becs », « Amitié », rien de tendre. « Où en sommes-nous, Gina?».

Dans un décor de solitude, un lit vide près du sien, une chambre sans vue, un téléphone qui ne sonne pas. Elle s'habille et sort.

Il fait chaud. La pluie vient de s'arrêter. Les gens pataugent dans l'eau. La vapeur monte dans les gaz d'échappement. Gina aimerait s'asseoir dans un parc, contempler les arbres, ne penser à rien. Elle repère, en arrière de la mosquée, le parc de Kwoloon, dont elle a pu admirer, depuis Nathan Road, les arbres aux racines aériennes et aux larges frondaisons.

Arrivée à la hauteur de la rue Cameron, près de la Mosquée, la pluie s'abat avec violence. Gina se réfugie dans un magasin. Elle n'a le goût de rien, ni de soies fines, ni de meubles, ni de bijoux. Elle rebrousse chemin, attend près de la porte d'entrée. Le vent soulève les parapluies. Elle marche sous la mousson, comme un automate. La tête basse, les yeux en larmes, elle va, indifférente aux trombes d'eau qui déferlent.

La voici dans le hall de l'hôtel; elle tend la main pour recevoir la clef. Elle retourne dans sa chambre aveugle, claque la porte, s'effondre sur le lit.

« Où en sommes-nous, Gina? »

Elle tord l'oreiller, serre les poings.

Elle se réveille tremblante de froid. Elle décroche le téléphone et demande d'annuler sa réservation pour la semaine. Elle se glisse dans le bain chaud. Demain, elle ne sera plus ici. Dès ce soir, elle va régler ses comptes avec elle-même.

Gina veut revoir la mer, le seul espace immense de cette ville, la seule dimension infinie outre celle de l'esprit, mais dans cette dernière elle ne souhaite pas entrer, de peur de s'y perdre.

Elle prend son baladeur et descend Nathan Road entre Chopin et le flot bruyant de la rue. Cette invasion hétéroclite l'amuse. Elle est à l'image de son désordre intérieur. Face à l'hôtel Peninsula, elle aperçoit la structure moderne du planétarium et, plus loin, la promenade qui longe la mer. Gina est à la pointe de la péninsule de Kwoloon, devant elle, l'hôtel Regent et le complexe du Nouveau Monde. Elle entre dans le luxueux centre commercial, bijoux, parfums, montres et, au fond du couloir, la mer.

Une femme se dirige vers elle. Elles se croisent. Gina ne reconnaît pas cette blonde opulente qui embaume les parages.

— Vous! ici! ah! Quelle surprise! On s'embrasse.

Les mains couvertes de bijoux broient les doigts de Gina. Les boucles d'oreilles écrasent l'écouteur dans l'oreille de Gina, qui pousse un petit cri de douleur, tandis que la quincaillerie de luxe tintinnabule aux bras de la pétulante.

— Fascinant! fascinant! dit-elle en détachant chaque syllabe. Quelle ville ma chère, quel monde!

Mutisme de Gina.

— Mais que vous avez sale mine! Qu'est-ce qui vous arrive? Allons prendre un verre!

Elle conduit Gina dans l'immense salon du Regent où s'étale le panorama de l'île de Hong Kong, le centre-ville, Wanchaï, Causeway Bay. Il fait presque froid. Gina se perd dans un fauteuil profond, tandis que l'autre (mais quel est encore son nom? où l'a-t-elle vue?) commande des whiskies.

— Si, si, je vous l'offre... Elle plonge sa main couverte de métal clinquant dans les arachides.

— C'est quoi ce machin que vous avez dans les oreilles Paula?

— Machin? Paula?

— Paula, vous n'êtes pas Paula?

— Non pas Paula. Gina.

— Gina? Vous êtes Paula ou pas?

— Pas Paula, Gina! Vous?

— Moi? Gabrielle, voyons!

— Je ne vous connais pas, Gabrielle.

— Ni moi, Paula, euh Gina.

— Ben alors, qu'est-ce que l'on se dit?

— Buvons! Paula, euh Gina.

— C'est ça... Gabrielle.

Elles parlent de leurs enfants, de leurs maris, de l'Asie. Il y a un autre whisky, d'autres confidences.

— Oh! mon mari vous savez, les affaires... en ce moment il est à Macao. Ça ne me tentait vraiment pas. Il m'a fait toute une scène parce que je ne voulais pas le suivre.

— C'est pourtant beau, Macao.

— Mais ici aussi Paula, euh Gina. Il y a les Australiens, humm.... et d'autres qui sont en voyage d'affaires et qui ont le goût de l'aventure. Vous voyez ce que je veux dire... le stock local, je ne touche pas.

Au même instant, Gabrielle dévisage avec gourmandise le jeune serveur chinois.

— Votre mari, vos enfants, comment conciliez-vous cela avec vos « aventures »?

— Oh! minute ma chère Gina, entendons-nous, je ne suis pas une baiseuse? Je ne couche pas avec tout le monde. Il s'agit d'aventure, d'escapade, pas d'amour.

Gina baisse les yeux. Elle a mal d'aimer et aime mal. S'aime-t-elle? Le whisky tourne les phrases dans son cerveau. Gabrielle dévore les cajous. Ses mains d'or et d'argent puisent sans cesse dans les petits plats. Elle remonte ses cheveux, pose un regard, de plus en plus flou, sur Gina.

— Tenez! Appelez-moi n'importe quand. Vous êtes si charmante, si drôle, si ingénue. À bientôt!

Elle embrasse Gina, prend la facture, la tend au serveur.

— À mettre sur mon compte.

Gina n'entend plus rien

— Madame désire-t-elle autre chose?

Le serveur se tient en retrait.

Elle fait non de la tête. Elle fixe longue-ment le verre vide de Gabrielle et jette la carte de visite dans son sac à main. Elle se lève comme une somnambule. Les bateaux dan-sent sous les fenêtres du salon.

Elle sort. La chaleur tombe sur elle. L'alcool alourdit son corps. Elle s'appuie sur un poteau de ciment. En arrière d'elle, l'hôtel Regent, droit devant, à un kilomètre environ, Wanchaï.

« 'Madame désire-t-elle autre chose?' Le bonheur, bordel! Le bonheur! 'Où en sommes-nous, Gina?' Je l'ignore, Paul! Je suis à Kwoloon. Il y a un bras de mer devant moi, une ville, des montagnes. Il y a toi, les enfants, Westmount, Macao, Lourenço. Je ne sais plus où j'en suis!»

L'eau bat les piliers du quai. Des coquillages s'ouvrent devant les vagues vertes. Des algues noircissent le ciment. La mer s'infiltre sous la promenade et ressort en écumant.

Un coup de vent peut faire tomber Gina dans l'eau. Elle se demande si, cette fois, elle se débattra. La mer, toujours la mer, l'appelle. Non pour laver une souillure, il n'y a point de souillure, la mer pour la bercer, la cajoler, la recouvrir, la protéger, la mer pour l'aimer. Le vent vient du sud. Un vent doux qui embrasse son visage. Gina écoute la vague sous ses pieds. Gina se penche, trop, dangereusement, pour chercher son reflet dans l'eau.

Chapitre XX

TIM

AVANT de vous foutre à l'eau, madame, pourriez-vous me donner votre montre et votre appareil?

La voix est ferme, l'anglais approximatif.

Un gamin crasseux lui tend la main. Guenillou sent mauvais, une sueur d'enfant, une odeur de chaussures moisies. Il a l'œil vif. Elle met la main sur l'épaule de l'enfant.

— Qui t'a dit que je voulais me jeter à l'eau?

— Vos yeux... madame!

— Et qu'est-ce qu'ils ont mes yeux?

— J'sais pas. Vous sautez ou quoi? J'vais pas attendre des heures!

— T'es malade, petit gars!

— Non, j'ai faim!

À quelques mètres il y a un palace, des Rolls. Tout à l'heure, aux toilettes, une préposée tendait à Gina des serviettes chaudes, lui offrait des parfums de luxe, allumait le séchoir. Maintenant, à côté d'elle, un autre visage de Hong Kong.

— T'as faim?

— Toujours faim!

Ils partent. Il suit d'un air interrogateur.

— Qu'est-ce que tu veux manger?

Le guenillou lève les sourcils. Gina ajoute :

— Du chinois, de l'américain, de l'indien?

Le petit fait une moue de dégoût.

— Ben quoi?

— Du riz. Quand on mange, c'est du riz!

Ils continuent en silence.

— Un hamburger, ça ne te tente pas?

— Jamais mangé.

— D'où tu sors?

— « La ville murée ». Vous connaissez?

— Non.

— C'est là que j'habite. Pas tout à fait comme ici. Il montre le Peninsula et le Sheraton.

— Je vois...

— Non, je ne pense pas. C'est au nord de l'aéroport Kai Tak, après la rue Boundary. Pas tout à fait comme ici, non pas tout à fait.

Ils entrent dans un restaurant aux teintes vives, tout de métal et de verre.

Les employés grimacent devant l'étrange couple qui avance. Le patron s'approche de l'enfant, lui ordonne de sortir en lui signifiant qu'il pue.

Gina intervient. Le patron indique également à Gina la direction de la sortie. Gina hausse la voix et les bras, rien n'y fait. Ils sortent. Elle est furieuse. Elle tient « son » petit solidement par les épaules.

— D'abord, comment t'appelles-tu?

— Tim.

— Bon, Tim, tu restes ici, cinq minutes.

Gina retourne dans le restaurant. Les poings serrés, elle croise le gérant, qui sourit triomphalement. Elle commande le plus gros hamburger possible, avec beaucoup de sauce.

— Oui, c'est ça, mettez-en, surtout de la mayonnaise.

Elle jette un coup d'œil vers le trottoir. Le petit s'interroge, puis se lèche les babines devant le monstrueux morceau de viande et de pain que lui montre Gina. Il tend le cou et, par saccades fait déjà descendre toute cette viande, ces oignons, cette sauce onctueuse dans son gosier. Gina ne lésine ni sur la sauce ni sur le prix. Elle ouvre quelques sachets de sauce tomate et arrose copieusement le délice. Elle se dirige vers la sortie avec son contenant en carton bien rempli. En passant devant le gérant, elle pose sur une table, très tranquillement, la petite boîte, fixe le patron droit dans les yeux et lui flanque sur le visage la viande et ses multiples sauces et, en prime, le pain rond débordant de mayonnaise en couronne sur la tête.

Tim reste figé devant la vitre.

Gina empoigne le petit par la main. Ils traversent les rues sans faire attention. Coups de klaxon, coups de frein, cris. Ils courent. Gina mène Tim, puis Tim guide Gina.

Ils prennent des ruelles où Gina n'aurait jamais osé aller. Ils s'arrêtent, essoufflés, devant une porte de restaurant.

Un homme les examine. Il paraît étonné de voir une si belle dame tenir la main de l'enfant.

— Entrez, madame. C'est un neveu. Toi, va te laver!

Il envoie Tim à la cuisine.

L'homme conduit Gina à une table ronde. On lui sert aussitôt du thé. Elle commande pour deux.

— Madame attend quelqu'un?

— L'enfant.

Le serveur ne comprend pas.

Tim réapparaît, quelques minutes plus tard, pas vraiment propre, mais sentant le savon. Dans la demi-lumière du restaurant, il ne contraste pas trop avec la demi-propreté des lieux.

Ils mangent en riant. Des baguettes actives poussent vers un enfant affamé un repas de fête. Entre deux bouchées, Tim réussit à expliquer que tout le monde dans sa famille travaille. Lui dans la rue, à tout et à rien, ses petits frères, ses sœurs, ses grands frères, ses grands-parents, jours et souvent nuits, à monter des poupées en plastique pour quelques dollars.

Tim attrape le poulet, jongle avec les légumes. La bouche est pleine de riz. Tim rote, vente. Il est heureux. Gina sourit. Le serveur garde sa dignité. Il ne cesse d'apporter de nouveaux plats. Enfin, Tim n'en peut plus!

Les lumières de Hong Kong sautent dans la nuit. La foule assaille encore les magasins. Devant la mosquée, sous les grands arbres, Tim s'arrête.

— Faut que je rentre. Merci, madame...
— Où vas-tu?
— À l'appartement, travailler.
— Je t'accompagne.
Tim a l'air malheureux.
— Qu'est-ce qui ne va pas?
— J'ai trop mangé...
Il lâche un rot très sonore. Il met la main à la bouche, pour retenir la nourriture qui

afflue. Il court vers le caniveau. Un autobus fonce sur eux.

— Tim! hurle Gina.

Tim se retourne aussitôt vers elle. L'autobus frôle l'enfant, qui est secoué par le vent. Le trop-plein se déverse aux pieds de Gina, revole sur elle en boulettes nauséabondes. Les passants s'écartent. Tim n'ose pas lever les yeux. La bave et la morve coulent sur son tee-shirt. Il s'en va. Gina le rejoint. Il accélère le pas, puis se met à courir. Non! Gina a des jambes pour le tennis. Il peut remonter tout Nathan Road s'il le veut, il ne pourra la semer. Pas elle, pas ce soir! Elle rattrape Tim, le secoue. Les gens s'interrogent.

Tim reprend son souffle. Les yeux humides, il observe Gina de biais, craignant d'être battu. Devant eux, une pharmacie.

— Toi, bouge pas. Tu promets?

Tim ne répond pas.

— Tu promets?

Il acquiesce de la tête.

Elle sort de la pharmacie avec des serviettes parfumées.

— Lave-toi. Bouge pas, tu promets!

Il plisse ses paupières.

— Promets!

Timidement, il fait oui.

Elle entre dans un magasin de vêtements. Quelques minutes plus tard, elle ordonne à Tim :

— Enfile ça!

— Ici?

— Oui, ici!

Il ôte son tee-shirt. Gina sort d'un sac en plastique un beau tee-shirt bleu. Tim nage dedans.

— Allez, les shorts maintenant!

— Pas ici madame! Pas dans la rue!

— Cache-toi derrière l'arbre. Je ne te regarde pas.

— Oui, mais les autres?

— Si tu les enlèves pas, moi je les arrache tes culottes!

Tim se hâte. Gina ramasse les vieux vêtements, les fourre dans le sac en plastique. Elle cherche une poubelle. Tim s'empare du sac.

— Faut pas jeter!

— Mais ça pue!

— Faut pas jeter...

Ils marchent un peu. Tim serre le sac. Gina s'arrête. Elle embrasse Tim sur la joue. Il passe sa main sur le souvenir du baiser, comme si elle venait de faire une chose sacrée. Il sourit. Gina baisse la tête. Elle reçoit le plus beau baiser d'Asie! Tim court. Il se retourne, lui fait un grand sourire et repart en courant.

Gina marche sur Nathan Road. Elle chante.

Demain, elle ira à Macao. Elle est en paix et elle savoure cette douce pause avant des temps qu'elle devine difficiles.

Chapitre XXI

GABRIELLE VEUT SAVOIR

GINA marche en chantonnant devant le restaurant du hamburger. Elle caresse une Rolls du Peninsula et entre toute pimpante au Regent. Au même moment, Gabrielle sort de l'ascenseur, semant autour d'elle un nuage de parfum.

— Paula! Paula! vous revoilà, mais quelle coïncidence! Charmant, je trouve tout cela chaarrrammant... Prenons donc un verre. Quelle vue, quel spectacle!

Quelques instants plus tard, les mains d'or et d'argent replongent dans les noix mélangées.

— Si on se tutoyait, suggère Gabrielle.

Le whisky, les enfants, il fait si chaud dehors, on est bien ici, dans cet hôtel du bout du monde.

— Vous êtes belle, ce soir, quelle lumière dans vos yeux, Paula? Que vous arrive-t-il ma chère?

— Pas Paula, Gina!

— C'est vrai, excuse-moi Gina, Gina, Gina in China, China in Gina, que c'est érotique tout ça...

Gina reste silencieuse, souriante.

— Ton bonheur est insolent, poursuit Gabrielle.

Elle se penche vers Gina et ajoute sur un ton éméché :

— Toi, t'as baisé récemment.

Gina sursaute.

— Comment était-il? Jeune, beau, vous avez fait ça cet après-midi, fenêtres ouvertes dans la chaleur tropicale. Ah! l'aventure! Qu'il vienne le souffle chaud de l'Asie et qu'il me traverse... toi, t'as baisé aujourd'hui, avoue!

La main aux bijoux tambourine l'avant-bras de Gina.

— Il était beau hein? Il t'a embrassée? Avoue, Paula, avoue!

— Gina, Gina.

— Oui, oui, bon pour moi c'est Paula, point. Il t'a embrassée?

— Oui.

— Un jeune?

— Oui.

— Chanceuse, ah! chanceuse, chanceuse! Un Australien blond frémissant, musclé, sentant la mer, la lotion à bronzer, aah, aah...

— Pas exactement.

— Un local? Gabrielle écarquille les yeux.

— Oui.

— Raconte, raconte, je veux tout savoir. Elle avale les noix à toute vitesse. Quel âge?

— Peut-être douze ans.

— Hein!!! Gabrielle est presque debout sur le fauteuil, raide, bras tendus, comme si une grue venait de la soulever.

— Mais t'es dingue!

Gabrielle laisse tomber les noix. Gina sourit.

— Ben oui, douze ans au plus.

— T'es folle!

— Je l'ai embrassé. Il m'a embrassée.

— Et?

Gina rit.

— Raconte! Gabrielle veut savoir!

— Ben avant, il avait vomi.

— Pouah! Qu'est-ce que cette histoire?

— Ensuite, il est parti en courant dans la rue.

— Tu t'es envoyé un local de douze ans!

— Je n'ai jamais dit ça.

— Hein?

Il y a un silence, comme si Gabrielle repassait la bande enregistreuse dans sa tête.

— Vous vous êtes embrassés?

— Oui, sur la joue.

— Ça l'a fait vomir?

— Non, ça c'était avant.

— Avant de faire l'amour?

— Non, avant que je l'embrasse!

Gina et Gabrielle jouent, chacune sortant de sa solitude et appréciant la présence de l'autre. Gina trouve Gabrielle moins « Castafiore», elle aime sa spontanéité. Gabrielle découvre une Gina sensible, moins triste qu'elle ne pensait. Les éclats de voix prennent le chemin des confidences.

— Je retourne à Macao dès demain.

— Est-ce prudent, Gina?

Chapitre XXII

LA CHANCE TOURNE À MACAO

MACAO Ferry Pier», «Jet Foil Ferry», Gina suit les pancartes, traverse les douanes. Dix minutes plus tard, l'hydroglisseur fonce au-dessus des flots. Gina se laisse bercer. Des jonques, des sampans, des cargos sont amarrés dans la baie.

Ils longent l'île de Lantau, qu'elle n'a pas encore visitée. Pas le temps. Elle se demande où ses journées se sont envolées. Elle somnole jusqu'à Macao. Depuis sa rencontre avec Tim et ses conversations avec Gabrielle, elle a l'âme presque en paix. D'un roulis à l'autre, le navire la relance sans cesse : « Paul ou Lourenço, Paul ou Lourenço, Paul et Lourenço?». Elle envisage différents scénarios : ni Paul ni Lourenço; Paul, elle, et Lourenço, qui se terminerait peut-être par Paul et Lourenço. Elle sourit,

« impossible, pas Paul!». Elle repense à ce voyage bizarre qu'ils font tous, pourquoi? pour qui? Elle jette un coup d'œil sur les autres passagers. Aucun n'a le charme de Lourenço. Pour qualifier Paul, elle ne trouve pas de mot. Charme? Non, Paul a une présence, une gueule, un genre, pas la fièvre de Lourenço ni sa douceur. Elle essaie de se souvenir des yeux de Paul. Elle n'y arrive pas. Depuis longtemps ils se côtoient sans se voir, du furtif dans l'habituel, du fugitif. Ils se sont doucement éloignés. De Lourenço, elle peut dire les nuances des yeux, les reliefs de ses lèvres, les douceurs de ses joues, les soies de ses cheveux. Paul revient à elle dans des poses de photographies, entouré des enfants, sortant d'un avion, au volant d'une voiture, jouant au tennis. Photos sur le bureau, dans le salon, dans un couloir. Elle aime le parfum de Lourenço, son odeur chaude, le grain cuivré de sa peau.

Le navire entre dans le port extérieur. Il accoste près de l'Avenida de Amizade.

Elle n'est pas pressée. Elle marche vers le centre-ville en quête d'un petit hôtel.

Elle flâne dans les ruelles, décrit de grands cercles autour de la rue de Lourenço. Elle retrouve le jardin Luis-de-Camôes, les jeux d'ombres et de lumières des grands arbres. Elle y passe des après-midi entiers, lisant des livres sur la Chine. Comment a-t-elle pu ignorer tant d'histoire, de lieux, de cultures? Elle lève les yeux, admire les fleurs, le chant des oiseaux et s'interroge sur les futurs chemins de sa vie.

Elle ne cherche pas à rencontrer Lourenço. Elle veut d'abord savoir jusqu'à quel point elle tient à lui, lui à elle. Parfois, elle croit le reconnaître près du marché ou dans un autobus. Elle se rend à la plage de Coloane, écoute de la musique au soleil et poursuit sa lecture intérieure. Elle ne retourne pas vers la façade de Sâo Paulo, de peur que ne se détache, sur le fond du ciel, la silhouette de Lourenço attendant une autre proie. Sans cesse, elle revoit son tee-shirt rouge, son corps svelte, ses cheveux balayés par le vent. Pourvu qu'il ne soit pas là.

Elle découvre tranquillement les richesses de la ville, du temple A Ma au jardin Lou Lim Ieoc. La nostalgie du Portugal erre encore au « Leal Senado». Les *azulejos*, les portes de fer forgé, une cloche sombre sur un mur blanc, en arrière un ciel bleu et, au premier étage, des pages d'histoire qui s'accrochent aux murs. Le parquet grince sous les pas de Gina. Des chaises rouges entourent une longue table. Au fond, des armoiries. La lumière des lustres fait briller les meubles vernis. De la bibliothèque attenante, s'échappe une odeur de vieux livres, de papier et d'encre. Les tableaux des hommes illustres de la cité ornent les murs, leurs yeux nobles se posent sur les vivants en tenue estivale.

Gina jette un coup d'œil par la fenêtre. Des maisons à deux étages et arcades encadrent une place. Des murs roses, beiges, blancs, quelques touffes d'arbres, un jet d'eau, des céramiques bleues et blanches, des voitures et, plus loin, au milieu des bâtiments blancs, la frondaison des figuiers banians. Gina enregistre chacun des détails de ce quartier si européen. Elle admire la voûte des fenêtres, essaie de lire les noms des enseignes en portugais. Des vélos-taxis sont stationnés à l'ombre. Soudainement, sortant de la noirceur des arcades, dans la lumière éclatante, il est là!

Gina tend la main. Elle la porte à la bouche pour lui crier bonjour. Elle reste immobile. Une femme est à ses côtés. Ils avancent dans le soleil de la place. Lourenço regarde le Senado. D'un coup, Gina se retire dans l'ombre de la grande salle. Lourenço aide la femme à monter dans un vélo-taxi. Ils s'en vont en souriant.

Gina se retourne. La salle lui paraît maintenant austère. Des touristes se promènent, lèvent les yeux, font craquer le plancher. Gina redescend l'escalier bordé d'*azulejos*. Le blanc des murs est aveuglant.

La voici devant la porte d'un casino. Elle entre. Macao-la-fortune, Macao-l'amour. Gina change tout son argent. Roulent les jetons entre ses doigts nerveux. Elle se faufile dans la foule qui assaille les tables. Dans la lumière fiévreuse, les boules tournent en sautant. Gina ne voit qu'elles. Gestes nerveux, croupiers souverains. Ils brisent les rêves. Un voile flotte au-dessus des joueurs. Dehors, c'est le soleil, les amours de Lourenço; ici, la nuit et le jour mariés dans la fébrilité. Ce sont les yeux avides, les mains crispées, les sourires, les regards des touristes curieux. Le destin saute d'une case à l'autre. Les climatiseurs n'arrivent plus à rafraîchir l'air. Les portes s'ouvrent sans cesse sur de nouveaux joueurs. Gina est collée à la table. Elle joue gros, tout de suite. Un homme se tourne vers elle en lâchant un cri d'étonnement. La boule rebondit, s'immobilise. Souffles retenus. Corps tendus. Gina recommence, gagne, perd, gagne. Elle voudrait être prise par le jeu, oublier. Yeux des joueurs inquiets, mains tremblantes, doigts qui se plient, se frottent, craquent. Elle joue encore. Macao-l'infortune. Gina veut regagner ce qu'elle a perdu. Sa carte de crédit, elle peut aller emprunter, où? Vite, il faut regagner. Elle jette, au hasard, ses dernières munitions. L'argent fuit. L'argent revient, petit à petit. Macao-la-chance! Il faut la saisir. Oui! oui Lourenço! Gina fend la foule, change ses jetons. Le soleil est violent.

— Taxi! Vite!

L'homme conduit calmement à travers les rues étroites. En haut, le balcon, l'appartement de Lourenço. Le taxi repart.

Elle s'est promenée dans Macao, toutes ces journées, pour cet instant. L'escalier humide, elle monte. Bruits de vaisselle, cris d'enfants, chants d'oiseaux. Elle est seule devant la porte. Lourenço est là. Elle en est certaine.

Elle avance la main. Elle va frapper sur la porte de bois. De la lumière filtre par le bas. Elle perçoit des bruits de pas. Il est juste en arrière, à quelques centimètres. Gina recule sa main. Tout doucement, elle se dirige vers l'escalier, descend deux marches, regarde la porte et remonte. Elle est venue pour lui, pour elle. Elle veut le revoir. Est-il seul? La femme blonde est-elle avec lui? Lourenço-gigolo, Lourenço-amant, Lourenço aimé, Lourenço dont on doute. Elle ne frappe pas. Elle tourne, très lentement, la poignée, ouvre la porte.

Un rond de lumière sur la table, une théière, un journal, la tête de Lourenço, ses longs cheveux.

Il se tourne, ferme son kimono. Il cherche à reconnaître l'ombre qui vient.

Il sourit.

Ils ne se sont pas parlé. Elle n'a rien demandé. Elle a tout pris de ce corps tendu vers elle. Le kimono s'est ouvert. Elle a caressé la peau douce. Elle a joué avec les cheveux. Elle a embrassé. Elle a aimé.

Nuit silencieuse sur Macao. Lourenço dort. Gina regarde la mer au loin. Gina se rhabille. Elle part dans le petit matin. La ville s'éveille. Les chats s'étirent dans les langueurs tropicales. Des bateaux de pêche se croisent dans la baie.

Gina descend la rue du marché. Des hommes, bas du pantalon relevé, lavent les trottoirs. Elle passe devant le « Leal Senado ». Elle lève la tête vers la fenêtre d'où elle a aperçu Lourenço. Par la rue centrale, elle débouche sur la baie de Praia Grande. Le vent souffle sur la mer.

Dans l'hydroglisseur, elle embrasse une dernière fois Macao et ferme les yeux.

Chapitre XXIII

RETOUR À HONG KONG

L A ville dresse sa barrière blanche de gratte-ciel. Les nuages caressent le pic Victoria. Gina retrouve avec plaisir la foule et les longs couloirs du métro. Elle fait partie de ce monde d'Asie. Elle l'aime. Elle descend à la station Tim Sha Tsui, comme une habituée. Elle regagne son hôtel de Nathan Road. Elle prend son courrier et se comprime dans l'ascenseur.

Cette fois, la chambre a une fenêtre, mais on ne peut voir le ciel, tant est haut l'immeuble d'en face. Elle s'assied sur le lit. Cartes des enfants, lettre de Gabrielle, lettre de Paul. Elle commence par cette dernière.

« Où en sommes-nous, Gina ? »

— Oh! pas encore! s'exclame-t-elle.

Elle pose la lettre, boit un grand verre d'eau en examinant son visage dans le miroir.

Traits tirés et, au fond des yeux, elle distingue une lueur à la fois triste et sereine.

Elle retourne à la lettre.

« Je n'en sais rien moi-même.

« Quand tu liras ces mots, j'aurai peut-être déjà quitté Bali. L'île est belle. Je l'ai parcourue de long en large. J'ai fini mes livres, mes comptes, mes visites et presque mes vacances. Je serai à Hong Kong très prochainement. J'arriverai peut-être avant ce message. Je n'ai pas de nouvelles de toi.

> « Je t'embrasse.
>
> Paul »

Gina jette la lettre sur le lit.

Un paysage de montagnes en pain de sucre, des rizières, une rivière :

« Bonjour mère!

« Je t'écris ce mot adorable de Guilin, d'où nous t'avons envoyé notre cassette. Nous rapportons une moisson de belles images. Quel voyage! Je me demande si mon beau Jim est encore accroché à moi. La distance en amour a bien de l'importance. Loin des yeux, loin du cœur, ça me fait peur.

> « Que l'amour soit avec toi,
> Régent le sublime! »

Gina sourit. Émelyne ajoutait :

« Chère mère,

«Hong Kong a-t-elle fait ta conquête? Nous arriverons dans quelques jours ou quelques heures, selon la vitesse mise par cette carte. As-tu fait de belles rencontres? Ah! Ah! Il y a du beau monde par ici! Es-tu restée à Hong Kong à nous attendre? J'ai hâte de te revoir et surtout mon Philippe. Vive l'amour! Attention à Cupidon... Grosses bises.

Émelyne»

Gina repousse le courrier. Elle s'allonge sur le lit. Pourquoi les plafonds sont-ils si rarement décorés? C'est pourtant ce que l'on regarde le plus souvent, matin et soir et surtout maintenant, dans cette lumière sans heure de cette matinée sans horizon. Les femmes de ménage circulent dans le couloir. La fenêtre donne sur une façade de ciment percée de vitres salies.

Les enfants reviennent. Les vacances se terminent, au milieu de l'été. Le mari rentre. Après, il y aura le retour, les aéroports, les valises et leurs dernières odeurs de pays lointains. La fin août, quelques sorties à la campagne, les ultimes chaleurs et l'automne, Paul au travail, elle dans le bénévolat. L'automne sera triste, Gina, plus triste encore après cet été de feu. Le visage de Lourenço, sa silhouette en haut des escaliers, près de la façade de Sâo Paulo, Lourenço sur la plage, Lourenço de la dernière nuit. Le rai de lumière sous la porte, elle descend et remonte vers son appartement. Plus que des paysages, plus que des parfums, elle perd un homme et sa chaleur, un homme aimé. Les enfants parlent de leur voyage. Elle se parle de Lourenço. Elle pense à Paul. Tout se referme sur elle dans cette chambre de Hong Kong. Tout l'écrase. Elle sent sa poitrine se ployer, entrer en elle. Elle fixe le téléphone. Bientôt, il sonnera. Il y aura Paul au bout de la ligne et la boucle se bouclera sur leur été asiatique. Paul l'a menée au bout du monde, au bout de la vie. Elle soupire. Paul, Lourenço : l'un doit-il absolument chasser l'autre. L'amour est-il divisible?

À cet instant le téléphone retentit, sonneries électroniques, sèches, insistantes.

Elle soulève le combiné. Paul est de l'autre côté. Elle en est certaine.

— Salut ma vieille!

— Ma quoi?

La colère éclate dans la voix de Gina.

— Salut ma vieille maman d'amouour!

— Hein?

— Tu ne reconnais pas Émelyne, ta fille préférée?

— Tu m'as fait peur!

— Peur?

— Surprise disons. Où es-tu?

— En bas, dans le hall.

— Je descends!

— Je monte!

— Oui, je t'attends.

Gina range ses lettres qui tombent, les ramasse, trébuche sur le couvre-lit, se cogne le genou, pousse un cri, refait le lit, pose les lettres sur la commode, puis sur la table de nuit, va dans la salle de bains, se regarde, se peigne, se met du rouge à lèvres qui déborde, l'essuie, ouvre les rideaux en grand, tire trop fort, ils se coincent, on frappe à la porte.

— Entre!

La poignée tourne.

— Je ne peux pas, c'est barré!

— Pas barré, fermé à clef! J'arrive!

Gina reçoit dans ses bras une fille qui ressemble un peu à la sienne. Émelyne a les cheveux longs et fous, une chemise de soie et surtout un large sourire que dominent des yeux pétillants.

Gina recule pour mieux l'observer. Ce n'est plus Émelyne des autobus scolaires, des uniformes bleus et des grandes chaussettes. Elles s'embrassent. Gina tend les mains.

— Ça me fait plaisir.

Elle n'est pas sûre d'avoir tant de plaisir à revoir si vite sa fille, émissaire d'une famille qui va, tôt ou tard, la juger.

— Moi aussi!

— Où est Régent?

— Il s'occupe des bagages et de notre chambre.

Elle serre les mains de sa mère et, droit dans les yeux, elle lui murmure :

— T'as pas l'air bien... il y a quelque chose qui ne va pas?

Gina sent un poids lui tomber dessus. Elle baisse les yeux.

— T'es pas malade toujours? T'as pas une hépatite ou une autre cochonnerie, hein?

Gina frémit. C'est vrai, elle avait oublié tout cela.

— Non, répond-elle, les yeux toujours baissés.Sa fille devient sa mère et attend des comptes. Tous, ils demanderont des comptes. Gina relève les yeux.

— Dis, susurre Émelyne, regarde-moi. Elle dévisage sa mère avec douceur et ajoute :

— Amoureuse, peut-être?

Gina se penche. Émelyne ouvre les bras.

Régent fait irruption dans la chambre, sourire d'émail aux lèvres.

— Salut, les filles! Ah non! Vous n'êtes pas en larmes! C'est si triste que ça de se revoir...

Il marche vers sa mère, encore bercée par les bras d'Émelyne.

— Votre Apollon est arrivé!

Régent semble inspecter la chambre. Aussitôt, elle pense à Lourenço. A-t-elle laissé un indice de lui? Régent lui rappelle Paul. Elle a un frisson. Oui, c'est bien l'avant-garde de la grande inquisition.

Régent s'assied sur le lit.

— Hey! Vous vous rendez compte, nous sommes à Hong Kong! Hong Kong, Macao! Des noms à faire rêver... C'est pas grand ici. Vous devriez monter dans notre chambre. Vous montez? Avant de fermer la porte, il ajoute :

— T'as pas l'air en grande forme, mère.

Elles se retrouvent seules.

— Comment te dire, Émelyne...

— J'ai tout compris, ou presque. J'espère qu'il est beau au moins! ajoute Émelyne en souriant.

Gina fixe le tapis.

— Excuse... maman. Bon, ben, on va dans notre chambre, viens!

Gina se lève en chancelant. Décidément, les vacances sont terminées.

— Oh! maman, faut pas en faire une fausse couche. Si tu te sens coupable, c'est ton problème. Je pensais que tu en savais plus sur l'amour que moi. Viens, va! C'est si beau l'amour.

Elle embrasse sa mère. Dans le couloir, Émelyne chante Piaf : « *À quoi ça sert l'amour...* »

— Arrête! ça fait mal et ce n'est pas une chanson de ton âge.

— Je ne t'ai pas interprété Brel : « *Quand on a que l'amour... ne me quitte pas, ne me quitte pas...* »

— Arrête! tu es cruelle!

— Non, je ne te les chanterai pas. Moi aussi ces chansons me font toujours mal, même si elles ne sont pas de ma génération, comme tu dis.

Elles attendent devant la porte de l'ascenseur.

— Faut vraiment pas t'en faire, maman.

Gina prend la main de sa fille.

— Je ne crois pas que tu connaisses la chanson de Ferré, ce n'est pas de ton âge, mais...

— Si, si, insiste Émelyne: « *Avec le temps, avec le temps va...* » Gina ferme les yeux en écoutant Émelyne.

La porte de l'ascenseur glisse. Elle ouvre les yeux, avance pour entrer. En face d'elle, Paul.

Chapitre XXIV

LE JUGEMENT DERNIER

GINA chancelle. Paul tient dans ses bras sa femme fragile. Émelyne serre la main de sa mère. Gina sent passer en elle un élan de complicité.

Paul a les traits tirés, la peau séchée par le soleil, un regard pénétrant. Gina est surprise par la largeur de ses épaules, ses cheveux plus longs, plus pâles.

Leurs yeux se croisent, peut-être a-t-il déjà découvert en elle le reflet d'un autre homme. La Terre s'effondre sous les pieds de Gina. Émelyne embrasse son père et quitte ses parents pour rejoindre Régent.

Gina conduit Paul à leur chambre. Il examine Gina, scrute ses moindres gestes, écoute sa respiration.

Il sent l'eucalyptus, la mer, le sel. La peau de Gina est froide sous ses doigts.

— Es-tu malade, Gina?

— Non, juste, comment dire...

Elle ne peut rien ajouter.

— Quelque chose qui ne va pas?

— Non... euh... je suis surprise par ton arrivée.

Gina contrôle sa pensée. Maintenant, Paul ne devinera plus rien.

— Tu fleures l'eucalyptus.

— Oui, dernier massage sur la plage, hier à Bali.

Silence de Gina.

— T'es pas jalouse d'une masseuse non?

Gina s'efforce de sourire.

— Il faudra que l'on se parle, que l'on sache où nous en sommes, Gina.

— Moi, je ne savais même pas où tu étais Paul!

Il la prend dans ses bras. Elle se laisse envelopper.

— Ce serait bête que nous n'ayons plus d'avenir ensemble... murmure-t-il.

Gina met le doigt sur la bouche de son mari, se blottit contre lui. Dans sa tête, Ferré fredonne : « *Avec le temps va...* »

Le téléphone sonne. Gabrielle accourt aux nouvelles.

— Et pis, comment ton mari a réagi?

Gina est d'une déroutante sobriété.

— Et pour Lourenço? Tu ne lui as pas encore raconté? Quel mélo! Ça me plaît. On se rappelle! Bye!

Paul, couché sur le lit, sourit à Gina.

Oui, elle est belle. Oui, ils ont de beaux enfants. Dire qu'il lui avait fallu tant d'années pour s'en rendre compte. Il aime Gina. Il en est sûr. Elle éclipse toutes les rencontres de passage, pas uniquement parce qu'elle est la mère de ses enfants, sa femme, mais parce qu'il y a en elle quelque chose d'insoumis, une flamme rebelle.

Gina observe cet homme nouveau : visage bronzé, perles dans ses cheveux poivre et sel, bracelet de tissu.

Gina est étourdie. Paul lui tient la main et sourit. Parfois, il fait la moue, comme si une douleur lui parcourait subitement le corps. Aussitôt après, il retrouve son air joyeux. Elle se reproche de ne pas avoir laissé de mot à Lourenço, d'être partie sans un adieu. Demain, elle lui écrira. Elle lui dira que tout est fini. Non, elle lui dira que rien n'est fini. Tout en elle appelle Lourenço. Paul caresse la main de Gina.

Les enfants discutent. Émelyne compose avec nervosité un numéro qu'elle lit sur un minuscule bout de papier.

Une femme répond dans un anglais approximatif.

Émelyne insiste, répète. Une voix de jeune homme relaie celle de la femme.

— Qui êtes-vous? Qui vous a communiqué ce numéro? Comment l'avez-vous connu?

Silence sur la ligne. Émelyne fixe Régent qui paraît pétrifié. Les parents ne comprennent pas. La voix grésille à l'autre bout :

— *Dead! Dead at the border...*

Émelyne tremble de partout. Régent se précipite vers elle. Émelyne est secouée par des crépitements de mitraillette. Son corps se tord, comme celui de Chang haché par les balles, puis éclaté au-dessus d'une mine. Mort après avoir survécu à la chute, mort au seuil de sa liberté.

Plus que jamais, ils avaient tous besoin d'air, de vent, de vie. Gina leur fit découvrir Hong Kong, du pic Victoria aux Nouveaux Territoires, de Kwoloon à Repulse Bay. Ils se promenèrent ainsi pendant deux jours, chacun absorbé par ses pensées. La ville entière semblait insensible à la cruauté de l'événement. Un homme sur un milliard, un homme qui est mort pour vivre autrement, mort comme il en meurt chaque jour, dans l'indifférence d'ici et d'ailleurs.

La chaleur humide de la ville, les ondées de la mousson, enveloppaient les pensées d'irréel. Le climat semblait tout diluer. La ville continuait de vibrer aux passions mercantiles.

Gina remarqua les fréquentes et bizarres crispations de Paul. Au sommet du pic Victoria, alors qu'ils marchaient à l'ombre des arbres aux grandes feuilles, Paul dut subitement s'arrêter. Il se tint à la rambarde, évitant le regard de Gina. Sa poitrine se plia sur une immense douleur.

Une ambulance hurle dans Hong Kong. Un taxi la suit à toute allure. Gina se penche sur son mari à demi-conscient. Leur vie défile dans la stridence des sirènes. Gina revoit les premières rencontres, les journées d'été de leur amour. Les pneus crient à chaque virage. Coups de freins brusques. Départs en flèche. Sirènes hallucinantes. Les infirmiers courent dans les longs couloirs. Les ordres sont donnés. Tout va vite et très lentement. Une infinité de secondes qui accélèrent, ralentissent, jouent la différence entre la vie et la mort. Les enfants cherchent leur père. Les blouses blanches se croisent. Gina fait les cent pas dans une salle proche du bloc opératoire. Paul s'en va. Il part seul, encore une fois, pour un grand voyage. Gina compte une à une les secondes qui s'éternisent. Elle essaie de lire une réponse sur chaque visage qui passe. Un docteur sort. Elle le fixe de ses yeux dilatés. Il a une voix douce. Ses yeux pleins de calme vont de Gina aux enfants.

— Infarctus... caillot... artère obstruée... on craint pour le cerveau. Il faut être forte.

Les mots s'entrechoquent. Cerveau! cerveau!

— Paul! Paul! crie Gina.

Les enfants l'entourent. Tout tourne dans son esprit. Lourenço, Westmount, Paul, Hong Kong, cerveau, sirènes, caillot. Elle a mal. Des feuilles de métal se plissent et claquent dans son crâne. Elle secoue la tête de gauche à droite avec violence. Elle hurle en se tenant les tempes.

— Paul! Paul!

Deux heures plus tard, Paul était branché à une série d'appareils étranges. Des courbes vertes se lançaient sur les écrans. De petites machines émettaient des bruits étouffés et réguliers. Paul dormait. Les enfants avaient regagné l'hôtel. Gina approcha de la fenêtre. Elle voyait des immeubles, des gens riches, des pauvres, des Rolls, des taudis, des Gina, des Paul, des Tim et là-bas, la Chine, Macao. Elle demanda une feuille à une infirmière et écrivit à Lourenço :

« Ami,

« J'ai fui. Je ne sais comment bien finir une histoire d'amour. Ce qui est entre nous est-il terminé? Je ne t'oublie pas. Je suis déchirée. Je ne réussis pas à conjuguer le verbe aimer, à aucun des temps, à aucune des personnes. Paul est devant moi, entre vie et mort. Sa souffrance est mienne. Tu es loin de moi. Ta souffrance et tes joies sont miennes. Je pars vers mon lointain aux longs hivers. J'ai en moi ta chaleur. Nos routes s'éloignent. Je te salue. Tout cela est bien mal dit. C'est mieux que mon silence de voleuse. Amour. »

Gina »

Au bout du couloir, sur le pupitre de l'infirmière, il y avait une boîte de carton portant le mot *'mail'*.

Elle allait y déposer la lettre, se ravisa, retourna dans la chambre et glissa l'enveloppe dans son sac.

— Gina, est-ce que je vais mourir?

Elle serra la main froide, marbrée, de Paul.

— Gina, est-ce que l'on s'aime encore?

Gina l'embrassa.

— J'ai tellement voulu que vous voyiez ces merveilles de l'Asie. J'ai voulu vous retrouver, Gina! Je m'y suis mal pris. J'ai voulu sauver notre amour! Est-ce qu'il était trop tard?

— Il est parfois trop tard pour dire « je t'aime », murmura-t-elle tout doucement. Paul s'endormit sans l'entendre.

Gina passa trois jours entiers près de Paul. Trois jours à réapprendre à vivre, à se parler au bord du lit, au bord de la vie. Trois jours à tout se dire, parce que la vie est fugace et le temps précieux. Trois jours à mesurer l'essentiel de leur existence.

— Et maintenant, Gina, est-ce que nous continuons ensemble?

Elle regardait Paul avec ses tubes partout, les appareils aux courbes vertes. Paul avait les yeux en larmes. Elle ne savait plus quoi répondre. Elle lui laissa l'espoir :

— Donne-moi le temps de me retrouver, après, je te répondrai.

La vie reprenait. La ville bourdonnait autour de lui.

Le lendemain, à midi, le téléphone sonna.

Gina reconnut aussitôt la voix.

— J'avais peur que tu sois partie. J'ai eu le numéro par ton hôtel.

— Nous partons après-demain.

— Pourquoi m'avoir quitté ainsi?

Gina resta muette. Le temps s'étala entre eux.

— Qui est-ce? grogna Paul.

Elle ne répondit pas.

— Nous ne nous reverrons plus, Gina?

La question de Lourenço tourna dans la tête de Gina.

— J'aurais aimé te saluer, une dernière fois, Gina.

— *Adeus*, Lourenço.

Elle raccrocha, gardant la main paralysée sur le téléphone. Paul posa sa main sur celle de Gina.

Ils restèrent main dans la main, en silence.

Silence aussitôt interrompu par la venue joyeuse des enfants.

— Si les trois on allait demain à Macao? suggéra Régent. Être si près et ne pas y aller! Je me suis renseigné. On peut faire l'aller et retour dans la journée.

Paul sentit la main de Gina passer du froid au chaud, puis au froid.

— Va, lui dit-il.

Chapitre XXV

MACAO, DERNIÈRE

ILS partirent de bon matin. Émelyne et Régent escortèrent Gina, qui n'avait pas dormi.

Émelyne, le visage grave, écoutait une chanson sortir de son nouveau lecteur musical. Face à la mer et à la côte sombre de la Chine, Gina pensait à Paul, à ses derniers mots : « Moi, je sais où j'en suis, Gina ».

Macao.

Gina saute dans un taxi. Rendez-vous est pris avec les enfants : midi devant la façade de Sâo Paulo.

Gina arrête le taxi à quelques rues de chez Lourenço. Elle veut marcher un peu avant de monter les escaliers obscurs. Elle a besoin de la lumière, de cet air chaud de Macao porteur des parfums de Chine qui se marient aux immensités salines.

L'escalier est toujours aussi sombre. Elle monte lentement, reprenant son souffle, mais le cœur bat trop vite et trop fort. Petits coups timides sur la porte. Les secondes sont lourdes. La porte reste close.

Gina frappe violemment sur la porte voisine. Aussitôt, des bruits de pas. La porte s'entrouvre. Un couloir mal éclairé, encombré de boîtes de carton et, tirant sur la poignée, qu'il peut à peine atteindre, un petit enfant, le zizi et les fesses à l'air dans un pantalon fendu. Il sourit.

Il trotte dans le couloir en piaillant. Une femme âgée s'approche. Elle porte des pantalons noirs, une blouse blanche. Le bambin se cache derrière elle. Le dialogue est d'une grande sobriété. Gina croit comprendre que Lourenço est au travail. Comme la femme ignore où, cela n'aide pas beaucoup Gina. La femme salue et ferme la porte. Gina patiente un instant sur le palier. Lentement, elle commence à descendre. En arrière, une porte grince, tout doucement. Gina s'arrête, se retourne. La porte s'ouvre. Une main tourne délicatement la poignée. Le visage joyeux du bambin apparaît dans l'entrebâillement. Gina sourit. La porte s'ouvre davantage. Gina continue à descendre, en envoyant un au revoir.

Le bambin répond en riant et en agitant sa menotte.

Gina descend l'escalier. Ce rire, à lui seul, est la récompense de son voyage à Macao. Elle retrouve la lumière de la rue et d'autres enfants. Elle lève les yeux. Là-haut, sur un balcon, un petit garçon regarde s'éloigner une amie étrangère.

Il lui reste deux heures avant le rendez-vous avec ses enfants. Elle décide de retourner vers le jardin de Camões. Elle admire, une dernière fois, cette ville où elle ne reviendra peut-être jamais. Elle aperçoit Lourenço. Ils courent, se rejoignent. Il ouvre ses bras. Elle s'y réfugie. Ils marchent, main dans la main, jusqu'au jardin tropical, où le soleil et l'ombre dansent en douceur. Ils s'assoient. Un couple âgé fait du taïchi. Tout est calme. Gina et Lourenço sont silencieux. Ils suivent des yeux le couple qui dessine des courbes lentes dans l'air et tourne dans un ralenti plein de force souple.

Ils atteignent le parvis de l'église. Ils attendent, à l'endroit précis où se tenait Lourenço la première fois.

Les enfants montent les escaliers. Les doigts de Gina et de Lourenço se lâchent. Gina fixe Lourenço dans les yeux. Elle lui reprend la main.

Quelques marches les séparent des enfants. Régent photographie sans cesse sa mère. Elle serre la main de Lourenço. Une main chaude, tendre, belle comme cette journée de soleil sur la mer et sur la Chine, sur Macao, sur la vie.

Émelyne est moins morose qu'il y a quelques jours, Régent est songeur.

— Je vous présente Lourenço.

Régent fronce les sourcils. Émelyne tend une main franche.

Lourenço appela au bureau. Il passa l'après-midi à leur faire visiter la ville. Chaque fois que Gina regardait l'heure, la mélancolie marquait davantage son visage.

Elle serra, une dernière fois, la main de Lourenço. Des passagers se hâtaient vers l'hydroglisseur impatient. Elle courut rejoindre le navire, lança un ultime au revoir à Lourenço, à sa ville, à son amour.

Assise entre ses enfants, Gina ferma les yeux. Émelyne lui prit la main. Gina revit alors l'enfant du palier, les fesses à l'air. Il lui envoyait, de loin, un signe de la main, en souriant un peu tristement.

Paul et Gina se retrouvèrent seuls dans la chambre de l'hôpital.

— On dirait une scène de cinéma.

— Tout à fait, répondit Gina.

— La belle héroïne revient auprès de son mâle blessé.

— Une affaire de cœur...

— C'est grave! Une histoire d'amour... elle entre dans la chambre d'hôtel. C'est l'heure du jugement dernier.

— La tête basse, elle implore sa pitié. Lui : «Tu m'as trahi, tu m'as trompé, tu m'as déshonoré».

— Elle se tait. Elle porte le poids de sa faute sur ses fragiles épaules. Elle craint sa colère. C'est un vieux film...

— Pis, qu'est-ce que l'on fait avec ça, Gina? On se met en colère ou quoi?

— As-tu envie de te mettre en colère, Paul?

— Il faudrait. C'est mon rôle.

— Moi, il faudrait que je sois honteuse.

Ils se penchèrent vers la fenêtre. En face, des immeubles sales et des aperçus sur le flot incessant des voitures.

— Ne nous laissons pas distraire. On reprend notre rôle? demanda Paul.

— Oui. Où en sommes-nous, Paul?

On n'entendait que le bruit du climatiseur et les klaxons des voitures.

— Nous recommençons au début, Gina.

— On repart à zéro.

— Comme de vieux acteurs. Dans un texte avec de l'amour, de la jalousie, de la peine, de l'exotisme.

— Ça s'est bien passé à Macao?

La tristesse s'abattit sur Gina.

Long silence.

— Paul, l'amitié, ça vient avant ou après l'amour? Est-ce qu'une femme peut avoir un ami? Est-ce qu'un homme peut avoir une amie? Est-ce qu'un ami peut avoir un ami? Est-ce qu'une amie peut avoir une amie?

— Holà! tu me perds.

— Est-ce que je t'aime? Est-ce que tu m'aimes? Est-ce que tu aimes quelqu'un d'autre qui t'aime? Est-ce que quelqu'un d'autre m'aime et est-ce que je l'aime? Là, sont toutes les questions!

— Et nous, où en sommes-nous, Gina?

— Pas encore! Je t'aime d'une certaine façon. Pas comme avant. C'est moins spontané, c'est plus riche. Je t'aime...

— Pour les souvenirs, pour les enfants, pas pour moi?

— Pour les souvenirs, bons et mauvais, pour les enfants, pour toi d'abord, Paul.

— Qu'ai-je de plus qu'un autre, pour que tu m'aimes?

— Je ne t'aime pas pour ce que tu as de plus, mais pour ce que tu es, ce que nous sommes, pour ce que nous pouvons vivre. L'amour c'est toujours fou, faut pas analyser.

— Lui, l'aimes-tu?

Ils restèrent main dans la main. La porte fut soudainement secouée par des coups violents.

Chapitre XXVI

BONJOUR, LES ENFANTS!

— O UVREZ, les amoureux!
— Bonjour les enfants! répondit Paul.

Sourires des médecins, des infirmières. Paul a quitté ses vêtements de malade. Il flotte un peu dans son complet tropical. Il tient son dossier médical.

Bagages, ascenseurs, couloirs, aéroport. Les essuie-glace du taxi luttent contre la mousson.

Long voyage de retour, escale à Honolulu et à Los Angeles, le temps de traverser d'autres couloirs et d'autres aéroports. Au-dessus du Pacifique, chacun pensait à ce qu'il avait vécu et à ce qu'il trouverait devant lui. Paul, sous calmant, dormit longtemps. Gina ne put rien lire. Elle laissait en arrière une partie lumineuse et mouvementée de sa vie, à côté d'elle il y avait Paul, plus serein, mais aussi plus fragile qu'avant.

Elle ne regrettait rien. Elle avait aimé. Elle aimait encore, « mais la vie sépare ceux qui s'aiment », se disait-elle, comme dans les chansons, hélas.

Elle mit les écouteurs. D'aéroport en aéroport, de repas en repas, elle traversa les fuseaux horaires dans une paix mélancolique. Régent regardait le film. Émelyne rédigeait ses souvenirs pour Philippe. L'esprit de Chang la relançait sans cesse. Des scènes douloureuses revenaient en surimpression.

Ils survolèrent les Rocheuses américaines, brunes et sèches, puis les prairies calcinées. Descente sur Chicago où miroitaient les piscines bleues. Un douanier arrogant épulcha leurs bagages. Ce fut l'accueil le plus glacial de tout leur périple. Ils attendirent, dans l'immensité de Chicago O'Hare, l'avion pour Montréal.

Émelyne nota dans son carnet :

« Cher Philippe, suite.

« Il est là, devant nous, l'avion brillant qui me conduira vers toi. Hélas, plus de dames aux grands chapeaux de paille ni de messieurs aux pantalons relevés, plus de vieux à barbiches ni de grand-mères à bébés sans couche. Passent des hommes bedonnants, des perruques enflammées, des athlètes macrobiotiques, des répliques de stars, des hommes d'affaires séduisants, ça existe, des jeunes premiers à embrasser (ah! comme j'ai envie de te revoir!), mais que de bedons que de bacon flasque!

« Tout ici me semble gros, les couloirs, les fauteuils, les gens. »

Ils survolèrent les Grands Lacs, nappes d'argent au soleil de midi. Toronto vue d'en haut, Ottawa tout en bas, le Saint-Laurent plus lentement, et Dorval!

— C'est loin l'Asie, ou bien c'est le Canada qui est loin, soupira Régent en s'étirant.

De nouveau, la douane, les passagers poussant leurs bagages et la petite famille perdue au milieu de la foule.

Tout à coup, on entendit un cri énorme.

Paul, qui d'habitude voyageait seul, fut surpris d'être happé par une meute bruyante, qu'un seul coup de téléphone de Régent, depuis Hong Kong, avait réussi à rassembler.

Il reconnut, difficilement, Georgette, qui ne portait pas son éternel tablier de bonne, mais une sorte de déguisement de carnaval lui donnant l'air d'une perruche déchaînée.

Émelyne embrassait Philippe, venu avec une partie de la famille haïtienne endimanchée. Paul tirait sa valise noyée entre les passagers et cette famille élargie.

Il vit trop tard madame Bremenflaschen. Il ne put éviter le bouquet de baisers qu'elle déversa sur lui.

— Je vous salue et je vous souhaite la bienvenoue!

Qui était cet homme hilare?

— Ma, je souis le chauffeur officiel dou taxi familial. Donnez la valise, donnez!

Paul le suivit.

Ils passèrent devant Régent qui saluait amicalement Jim. Paul observa son fils avec gêne.

— Zé Zim, monsieur Paul. Zim! vous connaissez?

Paul tendit une main hésitante, que Jim broya gentiment.

— Enchanté, monsieur.

Paul répondit en souriant discrètement.

Le chauffeur poussa Paul et la valise au milieu de la foule. Il s'arrêta un instant, fixa Paul et lui dit :

— Les jeunes, sont bien différents de nous autres, sont pas hypocrites comme nous. Il partit en riant.

Une demi-heure plus tard, monsieur Neighbour eut l'émotion de sa vie. Il venait de quitter ses dictionnaires chéris. Il se promenait, par hasard, sur sa pelouse en cherchant quelques faits pouvant piquer sa curiosité lorsqu'il vit... oh oui! il s'en souviendra longtemps, le plus étrange cortège qui ait jamais défilé dans cette honorable rue.

Dans un vrombissement terrifiant, dans un odieux tintamarre de klaxons, ce fut l'arrivée des voisins!

Voici, peut-on appeler cela un taxi, une bizarrerie verte et jaune, quelle horreur! Combien de personnes dedans? Monsieur Neighbour se penche, mais ne peut distinguer les silhouettes. Le chauffeur a l'air d'un Pinocchio à ressort. *Oh! Crazy! Crazy people!* Dans la seconde voiture, il aperçoit la bonne. C'est bien elle, une vraie folle. La Georgette, d'habitude si sérieuse, si proprette, a un panache de cheveux blonds et des yeux qui roulent tous azimuts, et à ses côtés, la dame si distinguée qui parle avec un accent de l'Europe du Nord. Elle conduit en appuyant sans cesse sur le klaxon en riant. *What a noise my dear! What a noise!*

Monsieur Neighbour reste pantois sur sa pelouse, se courbant pour mieux voir le groupe de cinglés qui revient de vacances. L'automne ne sera pas triste!

Les deux lévriers se ruent hors d'une voiture et, aussitôt, urinent sur les pneus de l'auto de monsieur Neighbour qui, de rage, s'enfonce dans sa pelouse.

Monsieur Paul sort du taxi. Comme il a maigri! Il tend le bras vers monsieur Neighbour, qui répond timidement. Il y a madame Gina, toute bronzée, et sa fille Émelyne qui tient la main d'un grand noir, qu'il a déjà croisé dans le quartier avec elle. Régent et son petit ami s'occupent des bagages. Monsieur Neighbour retourne chez lui. Trop, c'est trop pour aujourd'hui. Il va replonger dans ses dictionnaires, puis il lavera les pneus de sa voiture. Il râle. Surprise, on sonne à sa porte. La dame distinguée l'invite à prendre le champagne avec la famille réunie. L'offre est si gentiment présentée, l'accent si élégant, la dame si raffinée, monsieur Neighbour accepte.

Dignement, il rajuste sa cravate, boutonne sa veste de tweed, même s'il fait très chaud. Il se rend chez les hurluberlus d'à côté, où il n'a pas mis les pieds depuis des siècles.

Il a les yeux grands ouverts. Il aimerait être un journaliste pour décrire la maison, les gens, le champagne, les bagages dans le couloir, les bulles dans le verre et la gentillesse de cette dame au nom si compliqué. Tout le monde est jeune ici, jeune de cœur pense-t-il. Paul met sa main sur sa poitrine.

L'été s'acheva presque le quinze août. Paul reprit ses affaires, mais à un rythme beaucoup plus lent. Sa relative fragilité physique était compensée par une belle sérénité. Les enfants retournèrent à leurs études. Gina s'inscrivit à des cours de chinois et de taïchi.

La première neige tomba un dimanche d'octobre. Paul et Gina venaient de laisser l'avenue des Pins. Ils marchaient dans le parc du mont Royal. Sur leur gauche, la ville envoyait quelques bruits étouffés par la neige.

Ils arrivèrent devant l'escalier conduisant au belvédère.

— Je voulais que nous venions ici.

Paul était perplexe. Gina poursuivit :

— Quand le mari de Georgette a eu sa crise essentielle, ils sont venus ici tous les deux. Ensuite leur vie est redevenue belle.

— Je ne comprends pas.

— Tu m'as offert l'Asie, pour que l'on se retrouve, eux, ils avaient moins d'argent. Ils se sont payé le belvédère du mont Royal.

— Et ça a marché?

— Comme pour nous l'Asie. On monte?

— Nous avons atteint notre but, plus cher, mais dans le fond pareil. Alors pourquoi monter? Tu sais mon cœur...

— On essaie, Paul!

Ils gravirent les premières marches. Gina se reprochait déjà d'avoir suggéré cet exercice trop exigeant pour le cœur de Paul. Elle s'arrêta la première, le souffle court.

— Paul, on redescend.

— Hein?

— On ne monte plus.

— Je suis bien. Mon cœur tient bon.

— Peut-être, mais mon ventre ne tient pas.

Ils descendirent en silence. La neige tombait abondamment. Noël en automne, Noël sur les feuilles rouges des érables, Noël sur les feuilles de chêne, Noël à ployer les bouleaux encore tout plumés.

— Je pense que... je suis enceinte...

Elle vit les yeux de Paul se perdre en suivant les flocons. Elle n'attendait pas de réponse. Ils marchèrent. Paul prit la main de Gina et la serra affectueusement.

Ils naquirent au printemps, un garçon et une fille, deux petites têtes aux cheveux noirs, aux sourires coquins.

Monsieur Neighbour se pencha sur la poussette, que Georgette rayonnante promenait dans la rue. Deux frimousses eurasiennes gazouillaient et lui tendaient leurs petites mains.

Monsieur Neighbour resta bouche bée.

Georgette continua son chemin en chantonnant. Dans l'air, flottait, ce jour-là, comme un doux parfum d'Asie.

TABLE DES MATIÈRES

Troisième partie   GINA 159

DIFFUSION

Pour tous les pays
Les Éditions du Vermillon
305, rue Saint-Patrick
Ottawa (Ontario) K1N 5K4
Tél. : (613) 230-4032

Au Canada
Québec Livres
4435, boulevard des Grandes Prairies
Saint-Léonard (Québec) H1R 3N4
Tél. : (514) 327-6900

Composition
en Bookman, corps douze sur quinze
et mise en page :
Atelier graphique du Vermillon
Ottawa (Ontario)

Impression et reliure :
Les Ateliers Graphiques Marc Veilleux Inc.
Cap-Saint-Ignace (Québec)

Achevé d'imprimer
en mars mil neuf cent quatre-vingt-treize
sur les presses des
Ateliers Graphiques Marc Veilleux Inc.
pour les Éditions du Vermillon

ISBN 0-919925-97-9
Imprimé au Canada